读懂

中国"海魂"

张涛 著

中国海洋大学出版社
· 青岛 ·

图书在版编目（CIP）数据

读懂中国"海魂" ／张涛著 . —青岛：中国海洋大学出版社， 2024.3

ISBN 978-7-5670-3471-6

Ⅰ . ①读… Ⅱ . ①张… Ⅲ . ①故事—作品集—中国—当代 Ⅳ . ① I247.81

中国国家版本馆 CIP 数据核字（2023）第 056591 号

出版发行	中国海洋大学出版社		
社 址	青岛市香港东路23号	邮政编码	266071
网 址	http://pub.ouc.edu.cn		
出 版 人	刘文菁		
责任编辑	董 超 郝倩倩	电 话	0532-85902342
印 制	青岛国彩印刷股份有限公司		
版 次	2024 年 3 月第 1 版		
印 次	2024 年 3 月第 1 次印刷		
成品尺寸	144 mm × 215 mm		
印 张	4.75		
字 数	119千		
印 数	1 ~ 1000		
定 价	58.00元		
订购电话	0532-82032573（传真）		

发现印装质量问题，请致电0532-58700166，由印刷厂负责调换。

让中国"海魂"激励壮丽航程

浩瀚无垠的海洋，时而沉默寂静，时而汹涌澎湃。万吨航船航行在汪洋大海上，助力经贸往来，传递文明。

张涛同志历经多年的资料收集、艺术创作，著成《读懂中国"海魂"》一书。该书以航海事业中的灵魂人物——"船长"为切入视角，记录了中国航运业百年巨变的大背景下众多杰出船长的故事，描写细腻生动，内容丰富、引人入胜，人物形象饱满、充满张力，淋漓尽致地展现了中国航海人热爱祖国、勇于奉献、敢为人先、战风斗浪、同舟共济的伟大精神和深厚情怀。

本书中所描写的船长，其原型多数来自中国远洋海运集团，如"海辽"号方枕流船长、"光华"轮陈宏泽船长、著名航海家贝汉廷船长、"一点锚"发明者龚鎏船长、打通南北航线的叶广威船长、"海老大"李克麟船长、开辟长江天堑的徐文若船长、拖回无动力航母的陈忠船长、原交通部部长钱永昌船长。可以说，该书塑造了中国远洋海运史上优秀船长的光辉群像。

这些光辉的船长形象，不仅展示了中国航海人的风采和魅力，更传递出一种坚定信念、勇于担当、不懈奋斗的精神力量。他们是中国航海事业的骄傲，也是中华民族伟大复兴道路上的楷模和榜样。

历史川流不息，精神世代相传。当前，世界正处于百年未有之大变局，要实现中华民族伟大复兴这一伟大梦想，我们既面临着前所未有的风险考验，也面临着前所未有的发展机遇。光辉的事业需要崇高的精神激励，这些优秀船长身上体现的航海精神，是感召我们不忘初心、牢记使命、劈波斩浪、奋勇前行的精神动力。

让中国"海魂"激励我们在新时代扬帆奋进，为建设海洋强国、航运强国努力拼搏，在壮丽航程中赢得新的荣光。

钟海岩

2022年6月25日

目录

"压岁钱"上的"大轮船"

故事发生在香港。

刚拿到轮船驾驶员证书不久的韦钹随"繁星"号第一次来到香港。此刻，香港招商局正在香港海员工会大厦召开一次特别的座谈会。坐落在香港繁华市区的工会大厦，二楼正热闹异常。会议座谈的内容围绕一张印有大轮船的人民币展开。投影仪的大屏幕上，一张5分钱的人民币纸币上印有一艘乘风破浪的大轮船，下端还有"1953年"的字样。韦钹和在港的内地船员代表应邀参加了座谈会。

座谈会主持人指着纸币上的大轮船激动地说："这艘大轮船就是大名鼎鼎的英雄船'海辽'号。55年前的9月19日，'海辽'号在南海首举义旗回归祖国，今天正值起义55周年纪念日。"接着，主持人讲述了"海辽"号起义的经过，现场响起一阵阵掌声。

"海辽"号起义的历史，韦钹在航海学校就读时就有所耳闻，但还是第一次了解到"海辽"号曾被印在人民币上。

主持人将一位身材魁梧的中年男子介绍给大家："这位就是这张人民币的拥有者——莫勐船长。"

莫勐船长举着手中那张已经有些陈旧的纸币说："这是20多年前，家父给我的'压岁钱'，它开启了我的航海生涯。"

话音刚落，会场一片哗然。很多人纳闷，航海与这"压岁钱"有什么关系呢？座谈时，韦钹向莫勐船长提出了这个疑问。

莫勘船长没有直接回答，而是说："家父是我国香港地区最年长的海员，因年事已高未能参加这次庆祝活动。"

离开会场时，韦钹听人说，莫勘船长口中的"家父"并不是他的亲生父亲，而是他的养父，莫勘是一位海员烈士的遗腹子。

之后，先前的疑问和对莫勘船长的好奇在韦钹心里埋藏了多年。

一年秋天，海员建设工会在北京举行"海辽"号起义纪念活动，韦钹作为杂志社的特邀通讯员参加了会议。在会上，韦钹见到了莫勘船长。听完莫勘船长的讲述，韦钹终于解开了心中的疑团。

1950年3月14日，天刚刚黑。一艘没有灯光的货轮，悄然离开日本的吴港。这艘香港招商局所属的"海辰"号，奉调度指令开往高雄港。站在驾驶台上的是位中年汉子，"海辰"号船长张丕烈。

此刻，夜幕降临，月光皎洁，浩瀚的黄海异常平静。张丕烈船长用望远镜向四周扫视一番后，果断命令舵工将轮船转向西边，直奔解放区青岛……

两年前，在香港旺角的一家酒吧里，张丕烈船长与"海辽"号船长方枕流相遇了。谈话中，张丕烈船长隐约感到"海辽"号有回归祖国大陆的意向。临行时，两人举杯约定："要找机会回到上海，为祖国的海运事业做贡献。"平时滴酒不沾的张丕烈船长举杯一饮而尽，深情地说："黄浦江见！"经过精心的策划，张丕烈船长终于找到了机会。

1949年，"海辽"号的起义引起台湾当局的极大恐慌，于是加大了对船员的监控和海上巡弋。遗憾的是，一直小心谨慎的张丕烈船长未料到内部出了"奸细"——船上的"饭老板"王荫生泄露了"天机"，他的儿子在台湾高雄宪兵队当差。"海辰"号被巡弋的军舰"押"回了高雄港。不久，张丕烈船长和参加起义的部分船员在台北的马场町英勇就义。

这些海员就义后不久，在香港的一幢公寓里，一个男婴呱呱落地，而婴儿的母亲却不幸去世了。一位中年妇女在医院的配合下，悄悄将婴儿抱出了医院。

这个婴儿就是莫勐船长——"海辰"号舵工魏珉的遗腹子。

魏珉和莫兴海是同船多年的好友，在"海辽"号起义前夕，被调到"海辰"号做舵工。

莫兴海得知魏珉遇难和其妻子分娩的消息后，让妻子乔装打扮抱走了婴儿。从此，莫兴海多了个叫"莫勐"的儿子。

莫勐高中毕业那年春节，莫兴海拿出一张印有大轮船的"压岁钱"，把莫勐唤到跟前，为他讲述了"海辰"号船员英勇就义的故事，并说："大轮船印在了人民币上是海员的光荣，我们永远不能忘记为此牺牲的海员。"

莫勐第一次知道了自己的真正身世。

最后，莫兴海拿出一张泛黄的纸条，那是莫勐亲生父亲的遗嘱。上面端端正正地写着："多么想做一名新中国的海员，这个愿望不能实现了。如果妻子腹中是个男孩，就让他来实现我的遗愿吧！"

莫勐以优异的成绩考上了一所著名的航海院校。经过多年拼搏，他终于成为一名技术精湛、尽职尽责的优秀船长，并获得了全国"五一"劳动奖章。

生死经纬度

海图上的经纬度交叉记录着航海者的"足迹"，也记录了鲜为人知的故事。

北纬30°附近是著名的"马纬度"。据说，哥伦布发现美洲大陆后，因为那里没有马匹，想从欧洲运过去。这里是个无风带，当载着马匹的帆船队经过这里时，长时间在此等候"神风"的到来，马儿因缺少草料和淡水而死亡，因此人们俗称这里为"马纬度"。航海者视这附近的旅程为"死亡之旅"。

在中国的航海史上亦有一个令人无法忘记的经纬度：北纬32°，东经24°——它位于中国黄海北海域。这里留下了中国第一位海员烈士最后的日日夜夜，是航海者永远不会忘记的海域。

1968年深秋的一个清晨，一般大型航海实习船"东方"号行驶在黄海中部海域。海图室里，交接班的值驾人正在核准船位。忽然，一位头发花白的实习老师闯了进来，径直走到海图桌前，用铅笔在海图上画了个"×"，然后对实习的学生说：

"18年前，这里发生了一件惊动航海界的事，事情的主人公是我国第一位海员烈士，他叫张丕烈。"

接着，实习老师讲了一个感人至深的故事。

1950年3月14日，天刚蒙蒙亮。香港招商局所属的"海辰"号海轮卸完货后，悄然离开了日本吴港。按照招商局的调度命令，"海辰"号将开往高雄港装货。"海辰"号船长张丕烈站在驾驶台上，望着广袤无垠的大海，心中思绪万千："我会回来的！"

1948年末，张丕烈调任"海辰"号船长。此时，国内的辽沈、平津和淮海三大战役相继结束，政治大势已无悬念。不久，张丕烈驾驶的"海辰"号被迫撤离上海。临别前，张丕烈望着妻子和刚上中学的女儿恋恋不舍，他对女儿说："你和妈妈要好好照顾自己，我很快就会回来的。"

上海解放前夕。"海辰"号驶向日本。在茫茫的大海里，张丕烈用颤抖的手，给女儿写了一封信。

"月如女儿，现在招商局让'海辰'号船员的家属迁往台湾。关照汝母，决不能同意！我不久就会回到上海的。"

离开上海不久，张丕烈船长通过广播听到了上海招商总局副总经理黄慕宗的讲话，号召海外招商局的海员脱离国民党，驾船开往解放区。归心似箭的张丕烈，再也控制不住自己的感情，在日记中写下了"誓死回归"的铮铮誓言。就在此时，"海辰"号与"海辽"号在香港相遇了。"海辽"号船长方枕流按照中共地下党组织的指示，正准备组织"海辽"号船员起义。

方枕流船长举着酒杯，站在张丕烈面前："我们要找机会回到上海，为新中国做贡献！"

平时滴酒不沾的张丕烈举杯一饮而尽："黄浦江见！"

"海辽"号起义引起台湾当局的极大惊恐，为防止更多招商局船舶效仿，招商局除了控制船员动态，还派军舰在大陆沿海巡弋。

此刻，夜幕刚刚降临，月光皎洁，浩瀚的黄海海面异常平静。

张丕烈船长用望远镜向四周扫视一番后，慎重地在海图上标记了船位，果断地将"海辰"号转向西北，直奔青岛解放区。

在这生死攸关的时刻，船尾突然闪出一个黑影，迅速朝着"海辰"号驶来。夜色中，黑影渐渐逼近，原来是国民党巡弋的军舰。军舰打来询问灯号，询问"海辰"号的船名和动向，并且紧追不舍，不时发出威胁的信号和笛声。

此时，张丕烈船长万分焦急，他最担心的事情还是发生了。出路只有两条，一是不惧军舰的威胁和恐吓，继续高速朝青岛方向驶去；二是调转船头朝高雄方向行驶。继续朝青岛方向航行的结果必定是"鱼死网破"，"海辰"号上60多名兄弟的生命安全将受到严重威胁。"留得青山在，不怕没柴烧。"经过痛苦的抉择，饱经风霜的张丕烈船长为了船舶和船上兄弟的安全，最后将舵转向了高雄港方向……

1950年3月17日，"海辰"号驶进了高雄港。

3月23日，一个阴沉的清晨，一队全副武装的宪兵包围了"海辰"号。原来，"海辰"号上的"饭老板"王荫生泄露了"海辰"号的"天机"。在那个年代，船上伙食都由船上的"饭老板"承包，王荫生为人狡诈刻薄，常克扣船员伙食，引起船员的极大不满。"饭老板"与船员结下了"梁子"，积怨很深。当王荫生听说"海辰"号要开往青岛"弃暗投明"时，吓得魂飞魄散，立刻通过在宪兵队当差的儿子向宪兵司令告了密。

张丕烈船长和报务主任等人被戴上手铐，押解到了宪兵司令部。面对宪兵的严刑拷打，张丕烈船长宁死不屈，没有透露一个字。不久，他们被押赴台北监狱。

平日站在驾驶台上的张丕烈，看惯了无垠的大海和浩瀚的星空。此刻，即使身居斗室，张丕烈依然透过狭小的窗户遥望闪闪的星空，寻找遥远的故乡："家乡啊，你在哪里……"

台北宪兵司令部军事法院以"准备发动叛乱"的罪名，给张丕烈判了无期徒刑。蒋介石为发泄心中怨恨，改判为死刑。临刑前，张丕烈掏出随身携带的全家福照片，轻轻抚摸着。这张"全家福"照片随他漂洋过海，经历了狂风巨浪，颜色已经发黄了，可是妻子和女儿的笑容依然清晰可见。照片里喧闹的外滩、繁忙的黄浦江、进进出出的轮船……何等的熟悉，又何等的陌生！

这年，张丕烈刚刚52岁。52岁是一个船长的黄金年龄，他的航迹踏遍了祖国的山山水水。"我要为祖国的海运事业做贡献！"这是张丕烈船长的铮铮誓言。

1952年2月，华东军政委员会追认张丕烈为烈士，并颁发了由毛泽东主席签发的"革命牺牲工作人员家属光荣纪念证"。

张丕烈船长是新中国成立后第一位被追认为"革命烈士"的海员。

讲到这里，实习老师不禁热泪盈眶，对实习的学生深情地说："大家要永远记住这位伟大的海员烈士——张丕烈船长！"

《"新铭"轮历险记》的主角

"号外！号外！"

上海外滩的报童扯着嗓子高喊："最新消息，遭遇台风的'新铭'轮已安全抵达黄浦江！"人们纷纷涌向十里洋场的外滩。

一艘挂满彩旗的巨轮缓缓朝外滩驶来。一位身着笔挺船长制服、年过半百的老人手持望远镜，站在驾驶台上，目视前方。这位老人就是《"新铭"轮历险记》的主角，许多人虽然不知晓他的大名，但都知道他是十里洋场上的著名船长——"海上骏马"。

故事发生在1933年的秋天。

秋季是东海和黄海海域台风多发的季节。招商局所属的客货轮"新铭"轮，在由威海卫驶回上海的途中遭遇了强台风。在那个年代，气象预报还很落后，一旦在海上遭遇台风，只能听天由命。狂风恶浪包围了"新铭"轮。"新铭"轮拼命地挣扎着，排山倒海的巨浪不断压向船舷、甲板，发出阵阵令人胆寒的拍击声。"新铭"轮剧烈地颠簸、摇晃起来。

当船舱的乘客得知驾驶这条巨轮的是"海上骏马"时，顿时不再发出惊叫声和呼救声。船舱里异常安静，只有巨浪拍打船舷的啪啪声。

"海上骏马"在航海界享有盛名。几年前的一天，"新昌"轮满载货物和旅客从广东汕头港起航南下。船行驶到东海渔山列岛附近海域时，狂风暴雨排山倒海般压向了"新昌"轮。"新昌"轮像片枯叶在大海里无助地漂泊。

船长"海上骏马"镇静地坚守在驾驶台上。突然，一声巨响传来，意外发生了：船轴断了。

这是航海史上罕见的意外事故，"新昌"轮顿时失去了动力，宛如一片枯叶被惊涛骇浪任意摆布。随着夜幕降临，失去控制的"新昌"轮被风吹到了中国台湾附近的基隆海面，如果再向南漂移，就会撞上一座大山，"新昌"轮将面临船毁人亡的厄运。船上一片嘈杂混乱，有人号啕大哭，有人磕头祈祷，有人准备弃船逃生……

此刻，船长"海上骏马"深感全船的生命财产安全都压在自己身上，万不能惊慌蛮干。他沉着指挥，命令所有船员坚守岗位，鼓励旅客耐心等待救援船只，自己用唯一的船舵努力控制船的方向。人们看到驾驶台上的"海上骏马"镇静自若，指挥井然有序，悬着的心终于放了下来。

经过七天七夜的拼搏，"新昌"轮终于盼来了救援船。就在救援船抵达的时候，船长"海上骏马"由于劳累过度昏倒在驾驶台上，被紧急送往了医院。医生查出他患有胆囊炎，立即给他做了手术。"海上骏马"用顽强的意志拯救了"新昌"轮，美名一时传遍大江南北，人们都称他是轮船的"守护神"！

此次，"新铭"轮遭遇的台风，强度不亚于当年的"新昌"轮遭遇到的。当肆虐的风暴把"新铭"轮从台风的边缘逐渐推向台风圈内时，甲板上的设备和货物几乎都被风浪卷进了大海。拖锚航行的"新铭"轮，手腕粗的锚链突然崩断了。接着，船上唯一的对外通信工具——电报天线也被狂风席卷而去。"新铭"轮不仅失去了抗风能力，与外界的联系也中断了。

船长"海上骏马"没有退缩，凭借坚韧不拔的毅力和高超的驾驶技术与台风搏斗了24小时后，才终于驶出了危险海域。乘客们含着热泪涌进船长室，哽咽着说不出一句话，只是频频点头表示谢意。"新铭"轮的这段经历立刻被国内外报界广为宣传，并被编入了当时的小学教科书，轰动了航海界。这时，人们才知道，这位被誉为"海上骏马"的船长是中国第一位远洋船长，名叫马家骏，海员们喜欢叫他"海上骏马"。

马家骏出生于上海市青浦县龙桥村一个贫苦的农民家庭，祖辈都是农民。他从小就养成了吃苦耐劳的坚强性格。中学毕业后，马家骏以优异的成绩考上了吴淞商船学校。马家骏刻苦攻读的精神，深受校长萨镇冰的赏识，毕业后他被招进上海英商太古轮船公司，担任轮船驾驶员，开始了他终生热爱的航海生涯。

1937年3月，上海招商局开辟了厦门至菲律宾马尼拉的远洋航线。"海亨"轮受命首航，船长就是马家骏。他也是中国航海史上第一位行驶国际航线的船长。

新中国成立后，由于年龄原因，马家骏主要从事行政工作。常年在海上奔波的"海上骏马"在办公室坐不住，经常去基层调研，解决问题。直到70多岁高龄，他还多次驾船来往秦皇岛、宁波等地。党和政府给了"海上骏马"很高的荣誉：上海市政协委员、劳动模范等。

每当人们提起中国航海界的前辈时，总不会忘记中国第一位远洋船长"海上骏马"马家骏。

鲨鱼"撕毁"了船长的遗嘱

大厅的影视屏上，用动画形式介绍了一条大鲨鱼救船的故事。

"海事博物馆爆棚啦！"清早，海事博物馆门前排起了长长的购票队伍。

博物馆增设的航海奇闻厅展出了一条鲨鱼救船的影像片的消息不胫而走，在香港街头沸沸扬扬传开了。

《环球时报》的记者闻扬一早就赶来了。

影像片情节生动感人，引起人们的阵阵掌声和赞誉声："太神奇了，鲨鱼救了船，撕毁了船长的遗嘱，简直是条神鱼！"

影视屏前摆放着这条"神鱼"的标本，人们纷纷与这条"神鱼"合影留念。

闻扬用相机记下了这些难忘的镜头。

几天后，闻扬得知，被救船船长赖航即将过九十大寿，航海学会准备为其举行庆祝活动。

庆寿活动当天，闻扬赶到现场，记录下了赖航船长40多年前那段难忘的海上经历。

40多年前，中秋节前夜。

赖船长驾驶的"福龙"号货船穿过马六甲海峡朝中国香港驶去。

赖船长确定船位后，与轮机长通了电话：加快船速，争取赶到香港过中秋节。

此时，海水呈现蔚蓝色，"福龙"号进入了热带珊瑚礁群水域。赖船长测完水深才放心地回到舱室休息。船员都在兴致勃勃地准备回家过节的礼物。赖船长将给儿子在英国买的"机器人娃娃"小心翼翼地包装起来……

午夜，一声巨响将人们从睡梦中惊醒。原来船底触礁，海水从破损处涌进了机舱。

赖船长立刻带领船员堵漏抢险。抽水机拼命地吼叫着，但是，灌进船舱的海水有增无减。

"福龙"号开始倾斜下沉，情况十分危急。

赖船长登上驾驶台，亲自发出了呼救电报，并下令准备弃船逃生。

船员聚集在餐厅里，望着决心殉船的赖船长，谁也不肯离去。赖船长命令大家立刻登上救生艇，并托轮机长把写好的遗嘱带给自己的妻儿。

此刻，餐厅里众人鸦雀无声，只有那座古老的大座钟发出"嘀嗒嘀嗒"的响声。赖船长再次命令大家登上救生艇。

在这难舍难分的时刻，机舱里传来一阵抽水机的吼叫声。一名机工仍然坚守在抽水机旁。赖船长一头冲进机舱："快上来，我替你！"

救生艇刚被放置在水面上，忽然一直坚守在机舱的机工跑上甲板，报告了一个意外的消息：舱内水位陡然下降，海水不再涌进船舱了。

救生艇上的船员重新登上难船直奔机舱，只见被淹没的机器又裸露出来，赖船长满身油水，身边是轰轰作响的抽水机……看着眼前这番景象，大家的泪水夺眶而出。

机器又转起来了，"福龙"号在中秋节晚上赶到了香港。

对于海水突然不再涌进船舱的原因，船员百思不得其解，赖船长也一脸茫然：是什么堵住了漏洞？

"福龙"号驶进船台检查时，人们发现船尾靠机舱处有一破洞，船台进口处躺着一条奄奄一息的大鲨鱼……

这一奇闻惊动了香江两岸。

香港各大报刊都在显要位置刊登了这一消息。有的还添油加醋地渲染：这条"神鱼"施魔法救了大船。

赖船长为此专门求教专家，专家认为：鱼有趋光性，船底破损处露出的灯光招引了许多游鱼，贪食的鲨鱼在追捕猎物时，不填闯入了洞口，海水的压力使鲨鱼无法脱身，正巧起到了"堵塞"的作用。

在人们津津乐道这条"神鱼"拯救了"福龙"号和"撕毁"了船长遗嘱的同时，难船船员则认为：危机化解的真正原因，是赖船长坚守岗位、镇静自若、决心殉船的忘我精神，激发了船员的勇气，赢得了抢险的时间，是赖船长亲自"撕毁"了自己那份遗嘱。

人们在津津乐道鲨鱼"堵漏"的奇迹之余，更赞叹赖船长的精神。

这个故事被写进了航海院校的教材，不断激励着年轻的航海人。

"摸手贸易"的航海家

姜澍是第二次来到印度的卡利卡特港。

第一次远航来到这里,得知600多年前"三保太监"郑和七下西洋首航来到的就是这里。许多华侨对来自祖国的轮船倍感亲切,纷纷登轮看望,让姜澍十分感动。

再次来到这里,正值郑和下西洋600周年纪念日,当地华侨举行了隆重的纪念活动。

这天,一位年过古稀、双目失明的老华侨在儿孙的搀扶下来到船上。他一边用手摸这摸那,一边讷讷地说:"这是来自'摸手贸易'航海家老家的船吗?"

这句没头没脑的话引得姜澍如同丈二和尚摸不着头脑,心想:"摸手贸易"的航海家是什么意思呢?

这位老华侨是明朝移民的后裔,家族祖上还有随郑和七下西洋的船员。

老人如数家珍地讲起了"摸手贸易"航海家的来历。

600多年前,郑和率领200余艘海船,从江苏太仓刘家港缓缓驶出。宝船大的长44丈4尺,宽18丈,一舵足有11米长,锚碇也有几千斤重。

没有二三百人一齐用力,锚和舵休想动弹半分。船只分工严密,"马船"载马,"粮船"载粮,"坐船"载人,"水船"存淡水,"战船"用于作战。宝船载满了金银、瓷器、绸缎、茶叶等,以便换回国内需要的香料、象牙、珍宝等。船上载有近3000名从各地精挑细选的经验丰富的船员。

船队经过中国的东海、南海,经过占城(今越南中南部)、爪哇,穿过马六甲海峡,又经苏门答腊,最后到达了印度半岛的古里(今印度卡利卡特)。

古里国王头戴金冠,身披五彩衣,骑着大象在王宫前迎接远道而来的客人。仪仗队一手持刀,一手握盾,柳笛四起,鼓声阵阵。脸上涂着油彩的歌舞队载歌载舞,场面十分热烈。在豪华的王宫里,郑和向国王赠送了瓷器、丝绸、茶叶等礼物,国王回赠了象牙和香料。

临开航前,郑和在国王的建议下,参加了当地一项特殊的贸易活动——"摸手贸易"。"摸手贸易"是当地货物交易的一种传统形式。贸易双方把货物样品摆在选好的交易地点,彼此先察看货物,然后逐一议价、报价。但是,议价和报价都不用语言,而是把手伸到对方袖子里摸手指;卖方用手指标价,买方用手指还价。摸来摸去,直到价格议好为止。这时,国王会在双方手上各击一掌,表示成交。无论赚赔均不能反悔。最后,在合同上签订好数量和交货日期。当地人习惯称这种贸易称为"摸手贸易"。这里的人是用手指和脚趾计算数目的,迅速、准确、毫厘不差。

"摸手贸易"那天,场面十分隆重,国王骑着大象亲自临场主持。

郑和参加过多次当地的"摸手贸易",十分熟练。许多当地人记不住这位来自中国的航海家的名字,都习惯称他为东方的"摸手贸易"航海家。

华侨老人最后说:"'摸手贸易'航海家的称呼在当地传了几百年。如今,来自中国的船还习惯被称为来自'摸手贸易'航海家家乡的船。"

听完华侨老人的话，姜澍十分感慨，同时也有些惭愧。作为一名远洋海员，又是郑和云南昆阳的老乡，他对伟大的航海家郑和了解得太少了，希望有机会补上这一课。

郑和出生不久，赶上元明两朝的改朝换代。明朝的君主朱元璋收复了云南，郑和被掳掠到南京，成了明四皇子的奴仆。这年，郑和12岁。不久，父亲因病死去。就在郑和十分绝望时，他侍奉的四皇子朱棣夺取了皇位。由于郑和在争权斗争中表现出了超人的组织和应变才能，深受朱棣的器重，破格升任"内官监太监"。明朝设有管理皇室内务的12个衙门，合称十二监，各有一名掌印太监。由于郑和字三保，人们在内宫都亲切直呼其"三保太监"。由于当时皇宫里有条"马不能登殿"的戒语，所以朱棣皇帝亲自写了个"郑"字赐给郑和。从此，"马和"变成了"郑和"。

永乐皇帝朱棣把目光转向"西洋"时，郑和七下西洋的命运就注定了。郑和七下西洋，在政治、文化、经济上都在中国乃至世界航海史上写下了浓墨重彩的一笔。不幸的是，在宣德八年（1433年）返航途中，这位伟大的中国航海家悄然离开了人世。

在南京牛首山墓地，他的一小撮头发埋于此，据说这是他留下的唯一"实物"纪念。

"反败为胜"的"一点锚"船长

彭涛在整理海员资料时，发现了"一点锚"船长的故事。"反败为胜"的"一点锚"船长？他不禁眼前一亮：海上也有"反败为胜"的船长？

彭涛是航海学校有名的足球队员，在对外比赛中常常能出其不意，在关键时刻连连射中对方球门，使球队反败为胜。他被称为"反败为胜"的球王。

《"反败为胜"的"一点锚"船长》的故事主角，是新中国老一辈航海家。

他的事迹是从"一点锚"开始的。

1983年夏天，一场席卷珠江口的强台风呼啸而至。在海湾抛锚防台的几十艘大小船舶，不是走锚、碰撞就是翻沉。唯有广州海运局的8艘船安然无恙。

这立刻引起了有关部门的注意。经过调查研究，发现8艘船都采用了一种特殊的抛锚法："一点锚"抛锚法。此法打破了传统的抗台抛锚方式，华南地区的八所湾、海口湾等开放式锚地不再是防台禁区。

发明这个引人注目的"一点锚"抛锚法的人，是广州海运局的总船长龚鎏。那是1975年初秋，龚鎏船长驾船在南海某锚地抛锚防台，首次采用双锚抛在一起的方式，克服了传统"八字锚"抛锚法松弛偏荡的弊病，极大地增加了锚的抓力，提高了船舶防台能力。人们称这种抛锚法为"一点锚"抛锚法。采用"一点锚"抛锚法的船舶在台风中都安然无恙。

龚鎏从此有了"一点锚"船长的雅号。

"一点锚"抛锚法很快在广州海运局所有船上推广，大大增加了船舶防台能力。龚鎏被授予"海运功臣"和"有突出贡献的中青年专家"荣誉称号。

"一点锚"船长的名声在航海界传开了。

龚鎏出生于上海崇明。早年在堂叔的指引下，他考上了航海学校。

1949年，中华人民共和国成立。上海迎来了朝气蓬勃的春天。龚鎏穿上军装登上了"海涌"轮，成为一名招商局的联络员，开始了他终生热爱的航海事业。

不久，龚鎏调到广州海运局"南海175"轮担任二副，奔波于东南沿海航线。

此时，这条航线充满了浓浓的火药味，敌机的狂轰滥炸和敌舰的偷袭骚扰，使许多船员失去了生命。

年轻的龚鎏没有退缩，夜以继日地坚守在船上。

一天，船员突然听到船舱厕所里传出一阵阵呼噜声，人们发现龚鎏竟然倒地睡在了厕所里。龚鎏已经几天几夜未好好合过眼！船员连喊几声，龚鎏才慢慢睁开疲倦不堪的双眼："敌机过去了吗？"人们眼里含着泪水："他几天没睡过一个安稳觉了！"

1965年至1973年，越南的战火熊熊燃烧。担任援越物资运输工作的广州海运局船队，时常遭受美国飞机的轰炸、水雷的袭击。多条船被炸伤炸沉，多名船员为国捐躯。

此时，已升任船长的龚鎏，接替牺牲的"红旗151"轮船长，勇敢地登上了这艘英雄的海轮。将一批批急需的援越物资运到前方，有力地支援了越南人民的抗美解放斗争。至今还有老一辈的越南人记得"红旗151"轮的雄姿和龚鎏船长的贡献，他们称他为"了不起的中国船长！"

人们说，"一点锚"船长的故事用船都装不完，这话不假。20世纪70年代，他勇闯台湾海峡，开创了广州海运局首航南北航线的纪录。后来，他又"著书立传"，培养了一批批航海人才……那么，"反败为胜"的故事是怎么回事？为什么至今还被人们津津乐道？

1990年5月，一个浓眉大眼、双鬓斑白、身材挺拔的人，正在美国东海岸一个港口考察。

他就是年逾花甲的"一点锚"船长龚鎏。

这时，"一点锚"船长突然收到公司的急电：发生了一个特殊的海难事件，需要他火速返回！

龚鎏看完电报，两道浓眉紧锁，心里翻起了波澜：这是他多年航海生涯中遇到的最棘手的事件。对抗台风，穿越台湾海峡……这一切都没有难倒他。这个海难事故却让他犯了难，据说"败局"已定，难以挽回。

原来，广州海运局所属的万吨级杂货船"大通山"轮，满载货物通过世界著名的土耳其博斯普鲁斯海峡，准备航经黑海前往罗马尼亚的康斯坦察港。这天，"大通山"轮通过博斯普鲁斯海峡不久，由于黑海此时风高浪急，土耳其引水员提前在海峡口下了船。此刻，天色已经暗了下来，前方一片漆黑。恰巧，有艘满载原油的伊拉克油轮向南驶来，与北上的"大通山"轮会船。按照国际船舶避碰规则，双方应各自靠右行驶，而在狭水道航行应相互左舷避让通过。可是，"大通山"轮船长却阴差阳错打了左满舵，想从右舷通过，与猝不及防的油轮相撞。"大通山"轮船头直插油轮货舱，大量黑色原油汩汩流入了海峡……

最后通过调查取证，土耳其海事法院裁定"大通山"轮负主要责任。事故对土耳其海峡的污染以及对旅游和渔业资源造成的损失共需要赔偿约5700万美元，"大通山"轮和40多名船员被扣留在附近港口。

广州海运局聘请了当地的老资格律师，他看到判决书后，连连摇头说："'大通山'轮必败无疑！"

面对约合几亿元人民币的巨额赔款，广州海运公司的领导如五雷轰顶：全部的财产都赔上还不够！

公司领导想到了远在国外考查的"一点锚"船长龚鎏。

面对突如其来的事件，龚鎏一无资料二无文件，平时难见皱眉的他双眉紧锁，面临复杂的诉讼案件如履薄冰，沉浮难料。

第二天，龚鎏乘飞机直达香港。龚鎏船长要求将相应资料送到香港，他要在那里"备战"。这是龚鎏船长一贯的作风和习惯：不打无准备的仗！

看文件、找资料，"一点锚"船长带着"最后一搏"的希望赶到土耳其的伊斯坦布尔，听取了中国驻当地领事馆有关中土关系的情况汇报，然后马不停蹄地登上"大通山"轮。他仔细翻阅当时的航海日志，最后翻开随身携带的一沓沓资料。一则《关于博斯普鲁斯海峡通航制度公约》（以下简称《公约》）使龚鎏船长眼前一亮："终于看到希望了！"

博斯普鲁斯海峡是土耳其的战略要地，与地中海紧紧相连，是地中海沿岸国家通向外海的唯一狭长通道。海峡全长30.4千米，最窄处只有708米，最浅处水深仅有27.5米，两岸多为悬崖峭壁，是条少见的危险航道。

每天穿越这条危险航道的船舶川流不息。为确保船舶航行安全，《公约》的航海指南中特别指出："装载危险品的船舶不得在夜间航行于海峡。"伊拉克油轮违反了夜航的规定，应负主要责任。

终于，这场已成败局的海上官司看到了转机。在"一点锚"船长与当地律师的共同努力下，奇迹出现了！土耳其海事法院改判："大通山"轮赔款改为400万美元。一下减去了5300万美元！

消息传到广州海运局，人们沸腾了！"一点锚"船长用他对祖国的忠诚和智慧，使这场罕见的海上关司"反败为胜"。

从此，"反败为胜"的"一点锚"船长名扬国内外航海界。

看完这些资料，彭涛的心情久久不能平静：自己不仅要做一个"反败为胜"的优秀球员，还要刻苦学习，将来做一名像"一点锚"船长一样有知识、有魄力的优秀航海家！

台湾海峡上空的汽笛声

"呜……"

一声浑厚悦耳的汽笛声从一艘轮船发出，顿时响彻寂静的海空。

这是一艘航行在海上的航海学校的实习船。

随着汽笛声传来，船舱里的实习生蜂拥走向甲板，手挽着手，高声唱起了歌曲《我和我的祖国》。歌声随着滚滚的波涛跌宕起伏，十分动听。

这是艘名叫"海鸥"号的实习船。这个激动人心的场面是由一段航海故事引起的。

不久前，"海鸥"号由广州黄埔港开往北方的青岛港。十分凑巧，"海鸥"号驶至台湾海峡时，正值"世界海员日"。船上开展了一个别有特色的活动：讲中国船长的故事。带队实习的老师是位饱经风浪的船长，名叫夏欣。故事会开得非常热烈。船员、实习生争先恐后地讲了许多船长的故事：中华人民共和国首位起义船长方枕流为迷惑敌人"偷梁换柱"的经历，血洒台北的烈士船长张丕烈的壮烈人生，永不离开大海的贝汉廷船长的多彩航程，中国第一位长江女船长王嘉玲的不凡人生路……都深深打动了在场的船员和实习生，他们决心向老一辈航海家学习，做一个"爱党、爱国、爱海"的航海家。

知识丰富、爱讲故事的夏欣老师一言不发，一直沉默无语，引起了人们的猜测和好奇。

正当人们疑惑不解时，夏欣老师突然从椅子上站起来，提出了一个令人不解的问题："问大家一个问题，船从广州黄埔港开往青岛港大约需要多长时间？"

"70多个小时！"面对这个简单的问题，大家不约而同地齐声回答。

"不错。但是你们知道20世纪50年代需要多长时间吗？"人们七嘴八舌地争论不休，更多人对这个问题感到莫名其妙："夏老师为什么提出这个问题？"

终于，夏欣老师清了清嗓子，一字一板地说："需要航行4533海里，历时23天、552个小时，你们知道吗？"

人们惊呆了！竟然需要552个小时！"这是真实的历史。"夏欣老师提高了嗓门，"从552个小时到今天的70多个小时，我们应该感谢一位著名的船长，是他改变了这个历史。"

接着夏欣老师讲述了一位在30多年前（1979年5月27日）驾驶"眉山"轮勇闯台湾海峡的船长的故事。

台湾海峡是中国最宽的海峡。远古时代，台湾与大陆相连，后由于地球气候变化，气温升高，造成冰川融化，海平面陡然升高，使大陆与台湾之间的陆地，由昔日相连的沟壑平原成了鱼游虾息的海峡。台湾海峡长400多千米，南宽北窄，南口宽约400千米，北口宽约200千米。最窄处的福建平潭海坛岛与台湾新竹西北海岸仅相距130千米。

台湾海峡自古就是中国南北航线必经之路。早在清朝年间，从广州开往上海和天津北方港口的航线已经开通。

中华人民共和国成立后，由于美国和台湾当局对台湾海峡实行了军事封锁，南北航线中断，南北方无法实现海上通航。北去的货船只能在广州黄埔港卸货后，再装上火车运达目的港。这给新中国的经济建设带来了许多困难。

为了打破以美国为首的西方国家的封锁。20世纪50年代，中国开始与东欧国家合作，组建了多个合作航运公司。中波海运公司是其中之一。

中波海运公司成立当年，公司的一艘船通过台湾海峡时被台湾当局劫持，船上的中国籍政委和三副惨遭杀害……

台湾海峡成了南北通航无法跨越的"障碍"。

20世纪60年代，为适应经济发展的需要，中国开始租用外籍船舶。租用船舶需要大量外汇，给国家带来了沉重负担。使用国轮代替外轮成了广大海员的心声。

但是，鉴于当时台湾海峡的实际情况，国家选择了一条十分遥远的避开台湾海峡的航线：从广东湛江港出发，沿南海西南边缘，出巴拉巴克海峡穿越苏禄海，再由菲律宾棉兰老岛北端进入太平洋向东北航行，到达日本沿海，通过大隅海峡进入东海，最后直航北方港口青岛港。全程4533海里，耗时23个日夜。

担任这次首航任务的是广州海运局的"黎明"轮。虽然突破了美国和台湾当局的海运封锁，由于成本太高，不是长久之计。

1972年，中美关系有了转机，国家决定在"黎明"轮首航的基础上，再探远程绕航南北线。担任再探任务的是广州海运局的"五指山"轮。

船从海南八所港起航，向东经菲律宾，进入西太平洋，绕过台湾岛和琉球群岛，然后进入东海，驶抵北方大连港。耗时16天，航行3185海里，比"黎明"轮的航程缩短了1348海里。时隔两年，"阳明山"轮从湛江出发，向东南经菲律宾吕宋岛北部的巴布延海峡驶入太平洋，再途经冲绳群岛久米岛西侧进入东海，直航长江口花鸟山，继续朝北航行抵达青岛，历时7天，实际航程只有1985海里，大大缩短了南北线的航程。

夏欣老师讲到这里，原来鸦雀无声的会场顿时欢腾起来，掌声和欢呼声响成一片："向开辟南北线的海员致敬！""向新中国的海员学习！"

夏欣望着激动的学生，呷了口茶，继续说下去。

这条航线虽说缩短了航程，但是途中没有避风的锚地，一旦遭遇台风后果不堪设想。

直穿台湾海峡的任务终于摆在了人们眼前。

1979年春天，广州远洋公司"眉山"轮接受了一个特殊的任务：从广州黄埔港出发，穿越台湾海峡，北上日本的名古屋。

这是条艰难而危险的航线。

驾驶"眉山"轮的船长是广州远洋公司的总船长叶广威。

这个选择是慎重和正确的。1935年出生的叶广威正值壮年。他1955年毕业于福建集美水产航海学校，是航海界知名的船长，先后到法国、英国、波兰和德国监造和接验新船，多次出色完成任务。

5月27日暮色将至，"眉山"轮悄然离开了黄埔港。次日凌晨，"眉山"轮驶进了台湾海峡。

开航前，"眉山"轮做了充分的航前准备：配备了必要的应急武器。在船员动员大会上，身着整齐海员制服的船员，在叶广威船长的率领下，面对船桅飘扬的五星红旗立下誓言："人在船在！"

此刻，海峡海面异常平静，螺旋桨绞起的浪花，在海上划出一道道雪白的航迹。耀眼的朝阳在船头冉冉升起。

"升上国旗！"站在驾驶台上的叶广威船长一边命令在桅顶升起五星红旗，一边大声地喊道，"这是悬挂五星红旗的中国货船！要让人们知道它正航行在中国的领海里！"

"眉山"轮牵动着亿万人的心。叶广威船长每隔一个小时就向北京总公司报告船位、航向、航速。船上报务室"嘀嘀嗒嗒"响个不停。

就在"眉山"轮驶近金门岛附近，船艏突然闪出一个船影。

叶广威船长眉头一皱："正舵，全速前进！"船影渐渐清晰，原来是艘台湾渔船。渔船上的渔民发现"眉山"轮，频频挥手致意！

叶广威船长十分感动，减速朝渔船靠近，并拉响汽笛向台湾同胞致意。

中午时分，船员正在餐厅吃饭，突然一名船员闯了进来："右舷发现两艘台湾军舰！"

叶广威船长迅速登上驾驶台。

大约离"眉山"轮右舷几海里的地方，两条并行的台湾军舰缓缓朝"眉山"轮驶来。

"原速、原向，继续前进！"叶广威果断沉稳地下着命令。两艘军舰渐渐被抛在后面……

天黑前，"眉山"轮安全顺利地通过了被封锁多年的台湾海峡。

顿时，"眉山"轮上空响起了经久不息的汽笛声和欢呼声："我们终于走过来了！"

"眉山"轮从广州黄埔港开往日本名古屋，只用了三天多的时间，从此结束了长达30多年的绕航历史。

夏欣老师的讲述，使实习生们激动不已，纷纷奔上甲板，随着阵阵浑厚的汽笛声，引吭高歌《我爱你中国》。

寂静的台湾海峡上空笛声阵阵，歌声阵阵。

更名船长的"海上风云录"

这天，正值著名船长和引航员陈秉直的逝世纪念日。

陈秉直的亲属和校友捧着鲜花，来到陈秉直船长的墓前表示哀悼和怀念。

陈秉直的墓碑上镶嵌着身穿船长制服的照片和名字。

望着遗像，勾起人们对陈秉直船长在海上叱咤一生的思念。

突然，一位鬓发苍苍的老校友好像发现了什么，指着墓碑惊讶地对旁边人说："名字写错了！"

旁边的人正是当年与陈秉直同船的好友，他怀着深情地说："没错，名字是当年'海亨'轮船长马家骏改的。"

接着讲起陈秉直船长改名的一段往事。

陈秉直原名陈炳直，1902年出生在上海崇明一个普通人家。高中毕业后经商多年。1926年，他考入吴淞水产学校航海班。毕业后进入招商局，先后在"公平"轮和"广利"轮做实习生。1929年后，在招商局多艘船上担任驾驶员。1936年被派往著名船长马家骏掌舵的"海亨"轮担任大副。

刚刚登上"海亨"轮不满一年的陈秉直万万没有想到，总公司一份嘉奖令，不仅更改了他的名字、激励了他的一生，还书写了一篇篇精彩纷呈的"海上风云录"！

一天，马家骏船长在全船大会上，宣读了总经理的一份嘉奖令：

"事由,据查该轮大副陈炳直秉性忠实,办事认真负责,对于船上清洁卫生事宜尤为注意,较前多所改进。查核大副服务认真,良堪欣慰,兹着该船长传令嘉奖,并转饬慎职守盖加奋勉!"

读完嘉奖令,马家骏船长紧握着陈炳直的手,连声说:"祝贺你,你的名字就改成陈秉直吧,将'炳'字改为'秉'字,秉性可嘉,这是大家公认的!"

从此,陈炳直更名为陈秉直。

人们说,从那时起,忠实、认真、执着的秉性伴随陈秉直船长与大海不离不弃的一生。

座谈会上的亲朋好友说起陈秉直船长的往事,可谓如数家珍、滔滔不绝。

1937年,刚满35岁的陈秉直成了"海祥"轮的掌舵人,与"海瑞"轮并肩驶入战火纷飞的长江。

此刻,日军已突破江阴封锁线,南京已经沦陷。猖狂的日军朝长江中游进攻。国内大批战略物资急需撤往长江中游,否则会落入日军手中。

"海祥"轮和"海瑞"轮承担了这个艰巨而危险的任务。

这是中国航海史上绝无仅有的航程。

陈秉直没有辜负人们的期望,指挥"海祥"轮和"海瑞"轮冒着日机的狂轰滥炸,安全及时地将这批国家急需的物资运到武汉。

"海祥"轮抵达武汉的当天,招商局一份嘉奖令传到船上:"海祥"轮船长陈秉直,此次首都紧张之际,该员设法起运大批机件赴汉,赖有该轮船长陈秉直及电报员葛庆林努力协助等情,据此陈秉直葛庆林应予传令嘉奖!"

1938年,凶残的日军逼近长江中游的九江。

一天,马不停蹄的陈秉直还未喘口气,一张调令摆在他面前:

"海祥"轮和"海瑞"轮速赴九江将拆下的南浔铁轨运往武汉再转长沙。

陈秉直不敢怠慢，连夜启程。按时将这批物资运抵武汉。接着直航湘江口。此刻，陈秉直船长难住了：没有湘江的航路图，只有一张临时绘制的简意图，连水深标注都没有。而且这里航道曲折，浅滩密布。

秉性忠实、认真、执着的陈秉直，第一次遇到了航路上的"拦路虎"。

此时，头顶有日机盘旋空袭，下有浅滩暗礁挡路。

陈秉直船长别无选择："起锚，开航！"昼夜坚守在驾驶台上的陈秉直，凭着他的"秉性"，硬是将装有2200吨铁轨的"海祥"轮直朝长沙驶去，经过岳阳进入洞庭湖，转入弯曲复杂的中洲水道，来到了湘江口。

船员们刚刚松口气，两架日本军机轰鸣呼啸而至。"海祥"轮立刻抛锚待命，船员纷纷躲进岸边的树林里。

幸好，岸边的防空部队及时发动了猛烈攻击，日机匆忙投下几颗炸弹就溜走了。

"海祥"轮和"海瑞"轮在陈秉直船长的率领下一步一个脚印，探索着朝目的地缓缓前行，终于在第二天清晨平安抵达长沙。

驾驶海船进入湘江的事迹，在陈秉直船长的《更名船长的"海上风云录"》里写下浓浓一笔。几十年后，船员们回忆起当年那惊心动魄的情景，仍然不寒而栗！

"海祥"轮靠妥长沙不久，一份通告嘉奖令传到船上："事由，民国廿七年五月时任'海祥'轮船长陈秉直，在九江抢运铁轨赴湘，蒙招商局长江业务受理处转呈交通部存之嘉许电报。陈船长览，公密五月卅一日电悉，查该轮在浔赶运轨料，于敌机侵袭一日数惊之下，赖该船长沉着应付，督率所属，镇定工作，得获满载上驶。最近由汉驶湘，水道弯曲，运转不易，更非有经验者不敢前往。该轮船长能安全驶达，首创纪录。其忠勇负责之服务精神殊堪嘉许。应准将情转呈大部。下赐特予存以资鼓励，仰即知照管理处。"

陈秉直船长又一次展现了他特有的"秉性"。

1938年9月，陈秉直再一次接到紧急调令："日军逼近武汉，'海祥'轮立将一批兵工器材运往上游宜昌。"

又一道艰难的航路摆在陈秉直船长面前。

事隔几十年，陈秉直船长在回忆录里这样写道：

"抗日战争开始的次年，即1938年，九江失守前，我在敌机一日数次轰炸之下，奉命抢运兵工器材由武汉至宜昌。当时在宜昌下游，出事的船舶横卧沙滩者为所非一……我在数十里外测深，并立水标，以观水位涨落，等候时机，幸能在急流中摆脱锚链的缠绕，平安抵达宜昌五龙码头。在急流中埠卸货，为招商局节约了驳力和时间，受到当时航政局局长的称赞，并获赠匾额一幅，上面写有四个大字：海国雄风。"

事后，陈秉直船长接到航政局的嘉奖令："事由，民国廿七年五月，陈秉直任'海祥'轮船长时，在宜昌于流水中首创五龙码头……悉能设法将船移上码头，起卸机件，节省力驳，经济时间，奋勇精干，殊堪嘉慰！"

此刻，荣获嘉奖的陈秉直感慨地写道："舳舻千里长江险，我入荆湘第一人！"

自1947年起，陈秉直先后在中兴公司和华胜公司担任船长，直到1949年，上海迎来了解放的炮声。随船滞留在香港的陈秉直不顾特务的跟踪和监视，将"华兴"轮乔装打扮成"马纳"轮，满载国内急需的物资，穿越封锁严密的台湾海峡直航上海。

这时的长江口和吴淞口到处布满水雷，众多航船被炸沉在这一带水域。陈秉直船长如履薄冰，小心翼翼地驾船穿行在沉船和水雷之间。终于将伪装的"华兴"轮驶进了黄浦江。

在陈秉直船长《更名船长的"海上风云录"》里又写下了崭新的一笔。

解放初期，国内的大多数船舶被劫持到台湾。一直失业的陈秉直被聘到厦门集美水产航海学校（今集美大学航海学院）做了教员，开始了教书育人的生涯。

一次偶然的机会，陈秉直船长凭借多年的航海经验，走进了上海港引水站，成为一名优秀的引水员。

"秉性难移"的陈秉直船长，凭借独有的性格和业绩，获得众多嘉奖和荣誉，是今天航海人学习的榜样。

《更名船长的"海上风云录"》深受广大青少年航海爱好者的喜爱！

人们诙谐地说，故去的马家骏船长知道由他更名的陈秉直船长的事迹后，一定会感到欣慰和满足："替他更名没有错嘛！"

勇闯天堑的"老班长"

初春的一天。

号称天堑的长江口，彩旗飞舞，鞭炮齐鸣。

茫茫的春雾时浓时淡。一支支手持彩旗的队伍纷纷涌向江边两岸，人们眺望着遥远的海面。

这里将创造一个长江航运史上的新纪录。

不久，一艘悬挂五星红旗的巨轮缓缓朝长江口驶来。

人群中，一位中年男子悄声对旁边的人说："驾驶这艘巨轮的是我们吴淞商船专科学校的老班长。"

听者顿时好像想起了什么，连声说："吴淞商船学校是我国最早培养海员的学校，众多知名船长都出自这所学校。"紧接着问了句："老班长是谁？"

还未等回答，巨轮调转船头驶进了波涛滚滚的长江。

昔日千船竞帆的万里长江，此刻除了海事局的几艘巡逻船外，其他的船一艘也没有，江面上一片寂静。

江雾渐渐散去，挂满五彩缤纷的船旗的巨轮出现在人们面前，"建设17"几个大字格外醒目。

驾驶台上，站着一位身材魁梧、双目有神的中年汉子，他时而用望远镜眺望远方，时而果断地下着舵令："左舵十，把定……"

这位在驾驶台上指挥若定的人，就是"建设17"轮的船长徐文若，人们所说的"吴淞商船专科学校的老班长"。

徐文若船长要创造一项新的航海记录：万吨级油轮逆江而上，直达南京港。

事情发生在1966年3月26日。

当年，长江流域两岸建成了许多大型炼油厂，需要源源不断的大量原油供给。南京栖霞山炼油厂就是其中之一。火车运输已远远不能满足需要，国家最后决定采用大型油轮运输。1965年，我国从波兰购买了一艘1962年建造的万吨级油轮，改名为"建设17"轮。

"建设17"轮承担了首闯天堑长江的任务。

俗话说：华山自古一条路，长江天堑无坦途。

当时，徐文若船长只有37岁，处于航海的黄金年龄。他精力旺盛、技术娴熟。

万吨巨轮首闯天堑长江，当时的情况后来人是无法想象的：环境、技术、管理……航程的路上困难重重，许多经验老到的船长都望而却步！

这副重担最终落到了徐文若船长肩上。

徐文若出生于上海崇明一个贫困的人家。

读中学时，家中时常揭不开锅，为支持他读书，家中倾其所有，母亲甚至变卖了嫁妆。

徐文若没有辜负父母的期望，1946年中学毕业后，以优异成绩考入了吴淞商船专科学校。

入学当年，他被选为航海系A班班长。几十年后，当同窗好友相聚时，人们还亲切地称他"老班长"。

"老班长"在校期间，多次荣获奖学金，是名副其实的优等生。

1949年春天，黄浦江迎来了解放的曙光。徐文若被派到招商局船上做联络员，不久成为实习生，开始了他几十年不离不弃的海上生活。

经过几年的打拼，1956年，徐文若被破格提拔为实习船长，深受老一辈航海家的赏识。

第二年秋天，徐文若正式出任"和平20号"轮船长，时年刚满30岁。从此，徐文若开始了与海为伍的多彩航程。"和平6号""和平2号""和平26号"……都留下了他的身影。他驾驶着巨轮劈波斩浪，创造了安全无事故的海上奇迹！

敢于打拼、胆大心细的徐文若被选为首闯天堑的船长，是人们预料之中的事情，大家都觉得非徐文若船长莫属！

"建设17"轮首航南京，要过"三道险一道关"：白茆沙水道、江阴封锁线、丹徒水道三道险和靠泊南京栖霞山油码头一道关。

"呜……"随着一声浑厚悦耳的汽笛声传来，"建设17"轮冒着滚滚黑烟，逆江而上，驶进了险途——白茆沙水道。"建设17"轮像只攒足劲儿的江豚，时而劈浪，时而调向。人们的心也跟着提到了嗓子眼儿！

驾驶台里异常安静，只有徐文若沉着果断的舵令声和船头击水的哗哗声。

首航前，为确保航行万无一失，徐文若借租港监的引航船逆江而上，从吴淞口一路探索至南京港。各险要航道、风流、潮汐、水深……都一一熟记于心。在南京栖霞山油码头的浮码头，他发现有四只锚固定在海中。心细的徐文若没有掉以轻心，如果靠泊时螺旋桨卷入锚链后果将不堪设想。他立刻派人入水测量，直到确认不影响安全靠泊后才放心离去。

白茆沙水道水深莫测，天然水深加潮高，只能勉强满足"建设17"轮通过，巨轮在这里举步维艰。

徐船长一面令水手打水砣测水深，一面聚精会神观察周围变化，慎重地下着舵令。

驾驶台里的人们屏住气，盯着船长的一举一动。看到船长神情自若，人们紧张的心情顿时烟消云散。

"建设17"轮从水道最宽处驶过了白茆沙水道。

通过白茆沙水道不久，人们刚想喘口气，船就驶入了长江第一条抗日封锁线——江阴封锁线。

这里，横七竖八的沉船如同一座座暗礁，稍有疏忽就会造成船毁人亡。

胆大心细的徐船长如履薄冰，不敢掉以轻心，他也提醒引水员格外小心。"建设17"轮在这些"暗礁"中穿来穿去，直到暮色降临，"建设17"轮才像只疲惫的鸭子蹒跚地游出这条"暗礁"密布的水道。

第二天清晨，"建设17"轮迎着朝阳驶过了扬中和高港，驶入了"龙飞凤舞"的江都水道、谏壁水道和丹徒水道。

丹徒水道是长江里有名的"险途"：水道狭窄而且水流湍急，更可怕的是江中有时刻移动着的暗沙滩，宛如拦路虎横在航道上，人称长江的"鬼门关"。

这里是事故多发的航段，不仅暗沙挡道，来往的大小江船更是"胆大妄为"。这里的船民有句顺口溜："抢过商船头，三年不发愁。"

徐船长使出了浑身解数，一步不离驾驶台，在暗沙和航船之间来回穿梭……

最终，"建设17"轮安全驶过了"鬼门关"丹徒水道。接着连续通过了风光绮丽的焦山水道和世业洲水道，驶入狭长的仪征水道。

南京栖霞山炼油厂的烟囱已出现在船员眼前。

还剩下首闯天堑的最后一道关：靠泊南京栖霞山油码头。

俗话说，"强龙"压不住"地头蛇"。这里水深达40余米，漩涡不断、水流凌乱。

一路很少言语的徐船长也不觉皱起眉头，发出了感叹："名副其实的天堑！"

第一次靠泊失败后，徐船长认真做了总结，重新调整了船速和航向，终于平安靠上码头。

码头上顿时响起了掌声和鞭炮声："首闯天堑宣告成功！"

"建设17"轮首航成功，为大型油轮驶进长江树立了典范，开辟了航海史上的新纪元！

至今，人们望见进出长江的巨轮，都会想起首闯长江的徐船长，人称"吴淞商船专科学校的老班长"——徐文若船长。

春节期间，"建设17"轮的舱门上出现了一幅引人注目的对联，上联：昔日长江单帆孤影。下联：今朝天堑万舟畅游。横批：今非昔比。可见船员对首闯天堑胜利的喜悦和自豪！

船长来自遥远的中国

这个故事发生在名扬四海的港口——美国的巴尔的摩港。

一艘来自遥远东方的拖轮"德大"号，引起这里人们的好奇和关注："环球拖航，能行吗？船长是谁？"

中国最大的远洋拖船"德大"号，不远万里来到这里，要创造一项新的拖航世界纪录——将香港友联船厂15万吨的"友联3号"浮坞拖往万里之外的新加坡。

当人们知晓这艘拖船的船长来自遥远的中国时，惊叹的同时，也产生了怀疑："他能行吗？"

执行这项艰巨任务的掌舵人叫郑秋墨。

巴尔的摩港的夜平静安谧。哗哗的海浪有节奏地拍击着海岸，宛如悦耳的催眠曲，带人们进入了甜甜的梦乡。

郑秋墨船长心里难以平静："友联3号"浮坞因长期抛置在海里，如同一座灰色的秃山，风蚀浪损，锈迹斑斑，满目疮痍，机械松动，阀门管道严重损坏……拖带中随时会出现意想不到的问题……

承担救捞拖带工作多年的"救捞王子"失眠了。

他走进盥洗室，要借淋水清醒一下自己的头脑。

壁镜里，一张方正黝黑的大脸，突出的前额，挺直的鼻梁，一双浓眉紧锁着。

郑秋墨犯愁了。

他已记不清多少次伴随"德大"号出航：孤帆、远笛、狂风、恶浪在航行中与他做伴，他像慈母一样牵着"德大"号走南闯北，为祖国的救捞事业立下汗马功劳。他也记不清是何时爱上了大海，爱上了救捞事业。

但是，许多年前的那件事却永远让他牢记心头。

1963年，中国"跃进"号远洋货轮从青岛港出发，开往日本，不幸在黄海遇难沉没。在周恩来总理的直接领导下，查找事故原因的调查工作紧锣密鼓地进行着。

上海救捞局的"沪救1号"奉命前往出事海域，进一步探明"跃进"号的沉没位置。

率船刚刚回到上海的郑秋墨还未喘口气，就被借调到上海救捞局担任"沪救1号"的船长。

日理万机的周总理专程赶到上海，为探测队员送行，勉励大家尽快找到沉船位置和原因。

周总理的重托，使郑秋墨平生第一次感到自己责任的重大，日夜坚守在救捞船上。

最终，郑秋墨圆满完成了任务。没想到，刚要下船的郑秋墨被救捞局长叫住了："这里需要你，希望你留下。"

刚满30岁的郑秋墨望着人们期盼的目光，只说了一句："组织的需要就是我的决定！"

从此，郑秋墨开始了丰富多彩的救捞生涯。27年不离不弃，在中国救捞史上写下了动人的篇章！

创业是艰苦的，年轻力壮的郑秋墨在救捞船上没干几个月，就瘦得变了形，像换了个人一样，眼窝也陷下去了。他只要端起碗就想吐，挨上床板就浑身疼痛。可一有任务，还是非他莫属。刚组建的救捞队伍实在太缺人了！

从1978年首次驾船拖带远航柬埔寨西哈努克港开始，到1986年抵达缅甸拖运大件，郑秋墨船长在"德大"号上度过了一生中许许多多难忘的时刻。

最使郑秋墨难忘的是1984年那场拖带潜式钻井台的"战役"。

那年2月16日的清晨，郑秋墨被叫到了局长办公室。

摊在局长和郑秋墨面前的是一份交通部与一家美国公司签订的拖带协议：横跨北太平洋，把在日本津市的美国大型半潜式钻井平台拖至美国阿拉斯加的阿留申群岛。

现场一片沉寂。郑秋墨深深陷在沙发里，不时转动手中的水杯，默默思索着。房间里只有老式挂钟发出"嘀嗒嘀嗒"悠闲的声响。

终于，快人快语的局长开了腔："郑船长，你看——"

局长的话刚开头又刹住了，看到郑秋墨长吐了一口气，就再没有说下去。

这时，郑秋墨忽然从沙发上站起来："能再给我配一位船长吗？"

这是郑秋墨第一次在领导面前"要价"。这不是推脱，更不是退却和软弱，是他考虑到任务艰巨，自己又抱病出征，恐误大局。

郑秋墨1982年患上了严重的胆结石，一旦病情发作便坐卧不安，疼痛难忍。他通过打针来治疗，可后来打针已不起作用了。这次任务重、航线长、风高浪险。途中万一病情发作，"德大"轮怎么办？价值连城的平台设备怎么办？船上几十号兄弟怎么办？

局长沉默了，局里几位船长都有任务在身，实在派不出人来："实在找不到人！"

最终，郑秋墨直起了腰杆："那好吧，我服从，就这样定下吧！"

送走郑秋墨，局长的眼睛湿润了。

"德大"轮抵达日本的第二天，从津市港启航了。

"德大"轮刚驶进太平洋洋面，就遇到一场突如其来的超强风暴,大风卷着十几米的狂浪扑向"德大"轮。"德大"轮和巨大的半潜式平台宛如两片树叶,任凭狂风恶浪戏耍。

"轰"的一声巨响,一个大浪砸向"德大"轮的船头,激起漫天水花,"德大"轮摇摆达30°以上,驾驶台值班的船员瞬时摔倒在地……

郑秋墨暗暗吃惊,大声喊道:"站起来,顶住,拼命顶住!"

面对眼前的风暴,郑秋墨船长别无选择。以"德大"轮的马力、吨位和抗风暴能力,面对如此强大的风暴尚嫌"身单力薄",更何况后面还拖带着一个巨大的平台……郑秋墨豁出去了。紧皱眉头,睁大双眼,果断发出一个个车钟令和舵令。

突然,值班驾驶员向他报告:"电罗经失灵!"

"改用磁罗经!"

厨房的饭做不成了,大厨送来了面包。郑秋墨船长刚咬一口,觉得胃开始隐隐作痛,鼻子热烘烘的,用手一抹,满手的鲜血……

船医立刻赶到驾驶台,见到一天一夜未下驾驶台的船长,哽咽着说:"船长,你太累了!"在场的人眼里都噙着泪水。

郑秋墨最担心的情况出现了,老病发作了!但是,此刻他不能倒下,他是主宰船和船上兄弟命运的船长,要挺住!他用棉花球紧紧堵住流血不止的鼻孔,挺立在瞭望窗前,果断发出一个个指令……

"德大"轮拖带着巨大的半潜式平台,在汹涌的大洋里坚持了两天两夜,终于闯出了危险海域,平安抵达目的港。

这一年,郑秋墨被评为全国先进工作者,荣获了"五一"劳动奖章。他成了救捞界的"救捞王子"。

这次不远万里来到美国,漫长的环球拖带,它的艰险程度和风险等级比那次太平洋的拖航可谓"有过之而无不及"。

这位来自遥远中国的船长能胜任吗?

人们拭目以待。

1988年12月8日，清晨。在一声浑厚悦耳的汽笛声中，"德大"轮拖带着"巨无霸"启航了。

巴尔的摩港是座天然港，常年风高浪急。狭窄的航区犹如撑满风的布口袋，里面塞满了呼啸的狂风和恶浪。为避免浮坞遇到横风碰上船坞，郑秋墨船长采用了"左单车压舵"的特殊操作法。这立刻引起人们的高度关注："这位来自中国的船长果然身手不凡！"

起初带有怀疑的人，不禁伸出了大拇指："棒极了，祝一路顺风！"

此刻"巨无霸"漂亮地划了一个圆弧，乖乖随着"德大"轮驶出巴尔的摩海峡，开始了漫长的环球航程。

不久，"德大"轮来到非洲的"好望角"。俗话说，好望角好望不好过！

"德大"轮刚进入"好望角"，就犹如醉汉一般东倒西歪，在浪涛里蹒跚前行。碗口粗的拖缆时松时紧，不时发出令人心悸的咔嚓咔嚓声。更让郑秋墨揪心的是机舱里的燃油。原计划在巴西的累西腓港和毛里求斯的路易港加两次油，可这样不仅增加了600多海里的航程，也大大增加了费用。郑秋墨船长经过周密的分析，决定采用"经济航速"航行，来达到节省的目的。经过大家的共同努力，缺油的难关总算闯了过去。

这时，郑秋墨船长还没有松口气，单船通过咆哮的"好望角"已经力不从心，何况还拖带着一个15万吨的"巨无霸"。

郑秋墨坚持在驾驶台吃饭休息。时间长了，眼皮肿胀了起来，眼一眨揪心地疼……

"德大"轮用了整整六天的时间走完了平常只需两天的航程。

"好望角"终于闯过去了！

在航海史上，这是人类从未走过的一条艰险的拖船之路。它的创造者就是来自遥远中国的船长郑秋墨。

1988年2月21日，经过漫漫的航程，"巨无霸""友联3号"浮坞被安全拖抵新加坡。"德大"轮创造了环球拖航的世界纪录。

郑秋墨，这位来自遥远中国的船长，为中国人争了气、争了光，人们永远不会忘记他！

出了名的郑秋墨在家没有休息几天，3月29日又踏上了新的征程：将香港一艘报废的号称"海上巨人"的邮轮从波斯湾绕航地球一圈半，拖至韩国的蔚山港。航程长达35000海里。

经过漫长的两百多天的航行，郑秋墨船长绕航地球一圈半，平安顺利地将"海上巨人"送到目的地。

来自遥远中国的郑秋墨船长又创造了一项新的世界航海纪录！

西华厅的海上客人

1949年的春天，烟台的大街小巷长满了迷人的樱花，香气逼人！一阵浑厚的汽笛声中，一艘来自香港的法国邮轮"诺曼底"号缓缓靠上码头。

在码头值勤的军代表陈曦，从走下舷梯的人群中，突然发现一个熟悉的面孔："白杨，女影星白杨！"

陈曦是个影迷，看过许多白杨主演的影片。刚入伍不久的陈曦知道，当时从香港航至北方港口十分艰难，不仅要突破层层封锁线，乘船的人还要经过一道道严格的审查。据说，搭乘这艘邮轮的还有几位知名的民主人士、科学家和艺术家。安排这些人士回归的是著名的"海员领袖"金月石船长。这趟不平凡的旅途费尽了周折。为确保安全，金月石船长亲自"保驾护航"。

好奇的陈曦希望一睹金月石船长的风采。由于当时的环境，这个愿望未能实现。陈曦感到十分遗憾。事隔不久，陈曦被调到中南海警卫班，做了一名警卫战士。

一天，一个消息令陈曦兴奋不已，他想见的"海员领袖"金月石船长应周恩来总理的邀请，将来西华厅做客。

新中国成立初期，西华厅接待了许多国内外知名的人物，但是，邀请一位来自海上的船长还是首次。

陈曦特意准备了照相机，如果可能的话想与这位传奇人物合张照。自从在烟台港值勤后，在海边长大的陈曦梦想将来有机会做一名像金月石船长一样的海员。这次同样十分遗憾，陈曦只是远远望见了金月石船长步履矫健的身影。

此后，陈曦这个愿望一直没有消退，还是希望有一天做一名海员，可以有机会见到金月石船长。

几年后，陈曦终于实现了自己的梦想：他退伍转业做了一名远洋海员。陈曦随船来往世界各地，香港是他经常落脚的地方，虽然没见过金月石船长，但是有关金月石船长的传奇故事听了许多。这些故事令他难忘，也令他感动。

陈曦退休离开大海的那年，金月石船长不幸因病去世，享年87岁。陈曦想见金月石船长的愿望终未实现："这是我终生的遗憾！"为了弥补这个遗憾，退休后的阵曦写了一篇纪念文章记录了自己的所见所闻，简明扼要地介绍了金月石船长的生平和事迹，题目是"西华厅的海上客人——以慰金月石船长在天之灵"。

我是一名退休的远洋海员。我十分荣幸地告诉大家，几十年前，我在中南海警卫班当兵时，在中南海西华厅门前，邂逅了一位中国著名的船长，他的名字叫金月石。我最早知道他的名字是在1949年春天，我刚入伍当兵在烟台港执勤的时候，金月石船长护送一批国内外知名人士由香港乘船转入内地。途中经历了许多磨难和险阻，才终于将这批国家急需的人才送到解放区。这些故事深深打动了我，我下决心将来一定要做一名像金船长那样的海员！

终于，我退伍转业后来到船上做了一名远洋海员，希望有机会见到金月石船长。在航海的日日夜夜里，听到了金月石船长更多的故事。但是与金船长见面的愿望终未实现。我退休后不久，这位让人思念的"海员领袖"去世了。为了怀念这位曾被邀请到西华厅做客的金月石船长，我将多年搜集的故事讲给大家听。这也是许多航海爱好者和青少年朋友所期盼的。

1893年11月，金月石出生于上海。1911年，刚满18岁的金月石考入了邮传部高等商船学堂。金月石毕业后不久，便当上了肇兴公司"肇兴"轮的二副，开始了几十年的海上生涯。

1925年，金月石获得了甲种船长证书，当上了"福庆"轮的船长，成为我国最早一批自己培养的船长之一。第二年，中国商船驾驶员总会成立。刚满32岁的金月石被选为该会委员，开始了终生不弃的争取收回航权和引水权的斗争。

当时中国的航权和引水权都掌握在外国人手里。这引起了刚成为"海员领袖"的金月石的强烈不满，坚决要求收回这些本属于中国人的权利。斗争取得了初步胜利，上海国际引水公会不得不将几名引水员名额交给中国人。中国从此有了自己的引水员。从那以后，金月石"海员领袖"的头衔在航海界渐渐传开。

抗日战争爆发后，金月石满腔热情支援前线。一年冬天，上海迎来了百年未遇的寒潮。金月石自掏腰包购买了布料和棉花，连夜缝制了几十套棉衣，及时送到抗日将士手里。"海员领袖"赶赴前线送棉衣的新闻传遍了上海滩。

抗战期间，中国商船驾驶员总会迁往山城重庆。在这里，金月石结识了众多著名的社会活动家，并经这些活动家介绍加入了中国民主革命同盟，成了中国最早加入这个组织的海员。

1946年，抗日战争胜利后，中国商船驾驶员总会迁回上海。金月石被推选为总会理事长。

一天，一位老朋友敲开了金月石的房门，他是抗战期间金月石在重庆结识的著名政治活动家。原来，根据周恩来总理的指示，这批由内地转入上海的爱国人士需要及时前往东北开展革命活动。但是，他们遭到了国民党特务的通缉和跟踪。此刻，他们想到了老朋友金月石。

金月石将这批人改名换姓，并让他们乔装打扮，送到了他好友的船上："这些是我的好朋友，到营口去做生意，请一路多关照！"此后，一批批知名人士和艺术家，经过金月石的策划和安排，顺利地抵达解放区……

1949年4月，上海解放前夕，扮作商人的金月石搭乘法国邮轮"诺曼底"号来到了刚解放的烟台，同船的有众多知名人士，著名影星白杨就是其中之一……

周恩来总理百忙之中3次接见了金月石，并亲自任命金月石为上海市政府建设委员会委员。

这在中国航海史上是绝无仅有的，也是中国海员的骄傲和光荣！

陈曦将这篇简明扼要的纪念文章发在了微信朋友圈里，受到了关注和热捧，大家纷纷点赞、转发。

"逮水鸭子最多"的航海家

1961年初春，天气转暖。广州黄埔港彩旗飞舞，人声鼎沸。

一艘悬挂五星红旗的客货轮，在一片欢呼声中缓缓驶离码头。

不久前，这艘轮船航经南海和印度洋，到达印度尼西亚的雅加达。

这是一次特殊的运输任务：接受到印度尼西亚当局迫害的华侨回国。

这艘客货轮就是大名鼎鼎的"光华"轮。

当时我国没有远洋客货轮。为了接侨工作，国家准备外租船舶完成这项特殊任务。但租借船舶不仅租金高，还面临种种阻力和刁难。最后，周恩来总理亲自批示，从接侨费用中拨出26万英镑，从希腊轮船公司买回这艘名叫"斯拉贝"号的客货轮。这艘破旧的千疮百孔的"斯拉贝"号，经过将近十个月的紧张修理，终于获得了新生，被重新命名为"光华"轮，取"光我中华"之意。"光华"轮是我国首艘远洋客货轮。

"光华"轮在雅加达港口靠岸的当天，码头上聚集了大批等待回国的侨民。接侨的船方代表和当地侨联代表站立在舷梯旁，迎接接侨船的到来。

这时，一位侨联代表突然从人群中走了出来，径直握住一位船方代表的手："终于见到你了！"见对方尚未缓过神来，接着说了句：

"逮水鸭子最多的人。"

这位船方代表仔细望着对方,忽然惊讶地喊道:"哎呀!老同学,从未想到在这见到你,一晃过去十几年了!"双方紧紧拥抱着,顿时感动了许多人。

原来两人当年是广东省立高级水产职业学校的同学。

这时,一位名叫申琛的报社记者被这个场面深深打动。

这位船方代表正是"光华"轮的船长陈宏泽,是航海界赫赫有名的航海家。

"逮水鸭子最多的人",这里面一定有文章。出于职业的敏感性,申琛准备采访这位"逮水鸭子最多的人"。

由于接侨工作繁忙,申琛未来得及拜访陈宏泽船长,"光华"轮就离开了雅加达。

一晃又几年过去了,"逮水鸭子最多的人"的名号越来越响,他不仅多次驾船来往东南亚接回华侨,还培养了许多航海人才,是航海界有名的伯乐。

申琛准备登门拜访这位"逮水鸭子最多的人"。

但是,随着"文化大革命"的到来,这位"逮水鸭子最多的人"销声匿迹了。

当申琛再次得到"逮水鸭子最多的人"的信息时,是在1988年3月19日陈宏泽船长的追悼会上。由于大面积心肌坏死,陈宏泽船长与世长辞了。

广州殡仪馆云集了来自各地的校友和亲属。悼念大厅悬挂着陈宏泽船长的遗像。遗像两旁老校友敬献的挽联格外引人瞩目:

历半世纪瀛海生涯,香江护产,远洋开拓,两印接侨,更友联创业,乡关建政,有勇有谋多贡献。

恁一腔赤诚肝胆,励志洁身,律己虚怀,终生爱国,真立地顶天，斩棘披荆，无私无畏是楷模。

申琛利用这个机会采访了到会的嘉宾和老校友，揭开了"逮水鸭子最多的人"的秘密。

陈宏泽船长早年毕业于广东省立高级水产职业学校。这所学校是我国最早培养航海人才的学校之一，为我国培养了一大批优秀航海人才。

陈宏泽在校时，学习勤奋，尊师爱校，是公认的优秀学生。学校主要科目有天文航海、海图作业、实用航海、避碰章程。陈宏泽门门优秀，每学期的奖学金都有他的份。后来，学校由海边迁到山区，借当地三座古庙上课，环境十分简陋。为锻炼学生的体质以适应将来海上生活的需要，学校在仅有的足球场旁设立了单杠和双杠，学生轮流使用，并因地制宜，开展爬山、长跑和游泳等活动。

陈宏泽一向尊师重道，与同学友好相处。由于学校经费不足，多数老师一同挤在一座破旧的古庙里，常常食不果腹，学校开始垦荒种菜。陈宏泽像头小牛一样，埋头苦干，还经常挑选最大、最好的蔬果送给老师和低年级的同学。低年级的同学都喊他"契爷"（干爹），直到几十年后，已经年近花甲的低年级的同学还这样亲切地称呼他。

当申琛提起"逮水鸭子最多的人"的疑问时，人们笑着告诉他，当年学校没有游泳池和跳台等设施，便在学校附近一条小河的拐弯处设立了简单的"游泳池"和"跳台"。这里水流湍急，河道曲折。为培养学生顽强勇敢的精神，学校特意编排了"激流擒鸭"活动：参加活动的学生，事先在岸边等候，老师在上游把鸭子放进水中，待鸭子随水流游至岸上学员处，老师一声令下，学生争先恐后跳入水中擒鸭。此时，有的学生的游泳速度不如鸭子，有的赶上鸭子却擒拿无方，眼看着鸭子擦肩而过。

这时，只见陈宏泽纵身从河边悬崖跳入水中，在靠近鸭子时，双脚踩水，身体垂立于水中，左右手轻松地各捉一只。在最后计算逮鸭数目时，陈宏泽总是赢得"头名"，被大家称为"逮水鸭子最多的人"。

这个绰号一直在同学中广泛流传。几十年后，许多同学记不起他的名字，但只要提起"逮水鸭子最多的人"，便无人不知，无人不晓。

"逮水鸭子最多的人"的秘密揭开了。

中国首艘远洋客货轮"光华"轮船长陈宏洋就是在如此艰难困苦的学习环境中成长、成才的。他的名字将和"光华"轮一起永载史册！

追悼会后，申琛陆续收到陈宏泽校友和亲属提供的信息和资料：陈宏泽1921年出生于广东中山。中华人民共和国成立前夕，他参加了香港招商局13艘船的起义，经历了火和血的考验。"光华"轮在香港大修期间，陈宏泽为了节省国家开支，跑遍了香港所有船厂，最终以十分之一的价格，将船上12只木质救生艇全部换成崭新的铁壳救生艇，得到了各方的高度称赞。担任"光华"轮船长后，他不辞辛苦到处搜集船舶管理资料，并结合实际情况，制定了中国航海史上第一个远洋船舶管理规章制度。在担任中国首艘十万吨级油轮"丹湖"号首任船长时，他夜以继日地钻研油轮管理的相关知识，写下了10余万字的航行管理笔记，这些资料至今都有实用价值。在广州远洋运输公司的16年间，陈宏泽多次率船出航开辟新航线，五洲四海都留下了他的光辉足迹。55岁时，陈宏泽调任香港友联船厂第一任总经理，按规定家属可以随同前往，但是他坚持一个人与同事蜗居在简陋的厂房里，每晚听老鼠"吱吱"的叫声……

陈宏泽在学校时是位体育好手，身体健壮。许多年后，校友们还记得他在小河沟捕捉鸭子的飒爽英姿，万万没想到他会过早地离开终身喜爱的航海事业。

大洋里的最后一吻

一场追忆亡友阿贝船长的座谈会正在进行中。

会场内庄严肃穆。

忽然，一个中年汉子闯了进来，手持一张放大了的照片，举在众人面前。顿时人群躁动起来，继而抽泣声此起彼伏。

照片里，一位躺在担架上的老人，嘴唇贴在船舷的桅索上……一架救援的直升机在头顶盘旋。

这张"大洋里的最后一吻"的照片出自一位海员之手，躺在担架上的老人就是阿贝船长。

事情发生在1984年4月，大西洋上。

初春的比利时安特卫普港一派繁荣的景象。

阿贝船长给妻子写了最后一封信：你最关心我的身体，确实不能和过去相比，但是目前还可以。这次回沪，我想配些药，然后到一个不太熟悉而又宁静的地方，休息一段时间。我想主要问题在于休息……

此刻，阿贝在欧洲一家著名的造船厂。新建造的"香河"轮"整装待发"，等待下水。

夜色浓重，高大的树木、塔式教堂、长颈般的大吊车消融在夜色中。

明天是"香河"轮正式下水的日子，轮船下水的三项隆重仪式——签字交船、轮船命名、升旗登轮，每一项都不能忽视。

船员陆续进入了梦乡，天将破晓。忙完一天工作的阿贝拿起笔给妻子写信："明天船将下水，十分忙，不及详作回信……我在外会小心身体。"

两个多月前，在上海一幢闹中取静的公寓里，阿贝病了，重感冒加心衰，医生叮嘱他应"绝对休息"。此刻，他正要去欧洲接"香河"轮。

4年前，阿贝在上海胸科医院确诊："风湿性心脏病，主动脉瓣狭窄且关闭不全。"

可是，阿贝离不开船，坚持出海。他担任"香河"轮船长期间八天八夜未下驾驶台，归来还未到家门口，便久久坐在那里，无法踏上楼梯。病历上这样记载：

出洋两个半月归来，心悸气短，脸色发灰，口唇黑紫，有心衰症状，给予强心针，吸氧治疗……

当医生得知病情稍微稳定的阿贝，又要去接"香河"轮时，连连摇头："太危险了，不能去！"

阿贝考虑到，"香河"轮是条集装箱船，集装箱船运输是项新工作，要尽快摸索经验。

被感动的医生知道阿贝的脾气，再三叮嘱："接船不能太累，注意休息，办完接船手续乘飞机回来，千万不能驾船，身体已经无法承受海上长时间的颠簸了。"

医生选配了7种药，并把病历译成英文，便于他去国外就医。

"香河"轮接船工作顺利完成，更繁重的装货和航行任务摆在阿贝面前。

阿贝时而在驾驶台，时而在甲板，时而在机器舱，完全忘了医生的"坐飞机回来"的忠告。

人们说，阿贝为大海而生，为大海献身。

1949年春天，上海黄浦江迎来解放的炮声。年轻气盛的阿贝从上海吴淞商船专科学校毕业了。阿贝北上东北营口，在一条小型木机帆船上做了实习生，凭着一只破旧的磁罗经，"去天津，过烟台，跑青岛……"开始了终生不弃的航海生涯。

校友这样评价阿贝：短短的59年，他在海上度过了36个春秋。他担任过16艘远洋船的船长，到过40多个国家80多个港口。可谓"船迹天涯无悔恨，甘愿与海伴终生"。

此刻，阿贝的病情已经十分严重，心脏在超负荷运转着。

那时，阿贝总是与船员在餐厅一同吃饭。然而，现在脸色蜡黄、步履蹒跚的阿贝不得不让人把饭送到船长室。

阿贝匆匆吃了几口饭就爬上驾驶台，扳着手指一五一十地计划着"香河"轮返航的日程：过埃及塞得港，挂靠香港维多利亚湾，抵达上海黄浦江……

"香河"轮驶进开阔的海面，轮船行驶得十分平稳。

松了一口气的阿贝喃喃地说："我要休息一下，请转告船医，晚上可以给我打葡萄糖了……"声音越来越细，越来越低。

突然，阿贝的脸部肌肉开始抽搐起来，面色由红变紫……

"香河"轮的无线电报发出了"嘀嘀嗒嗒"的紧急求救电报。

一架西班牙直升机紧急降落在"香河"轮的甲板上。

人们簇拥着把阿贝抬到直升机前，在直升机门打开的瞬间，阿贝突然睁开眼睛，望着眼前的海员兄弟，含着泪水，吃力地抓住"香河"轮的舷墙，轻轻地吻了过去……

直升机起飞了。顿时，"香河"轮上哭声一片。

阿贝再也没有回来，到"一个不太熟悉而又宁静的地方"休息了。

1964年秋天，阿贝驾船来到亚得里亚海畔，见到了正在这里访问的周恩来总理。

阿贝对周总理说："一辈子不离开船，不离开海洋。"

阿贝实现了自己的诺言。

"大洋里的最后一吻"留给航海人太多的感动！

后来，航海传记作家得出一个结论，"为航海而生，为航海而死"的航海家，生命的最后一刻都没有离开大海：地道的犹太人和基督教徒哥伦布，出身葡萄牙贵族的麦哲伦，"无心插柳柳成荫"的"好望角"之父迪亚士，"毁誉参半"的英国船长詹姆斯·库克，明朝昆阳人"三保太监"郑和……

中国当代具有代表性的航海家阿贝也不例外。

阿贝船长就是中国著名的船长贝汉廷。

"流动联合国"的掌门人

你知道"流动联合国"吗?

百年来,悬挂各式各样国旗的远洋轮船的航迹遍布世界各地。海员习惯称呼它们为"流动的国土"。

随着世界经济和贸易的发展,海员走出国门,不再受国籍的限制:欧洲、美洲、亚洲、非洲等的白种人、黄种人、黑种人,聚集在"流动的国土"生活和工作。海员戏称其为"流动联合国"。

"流动联合国"的掌门人——船长,面对来自不同国家、不同种族、不同宗教信仰、不同文化、不同意识形态的船员,要时刻注意自己的言行举止,因为这关系到这个特殊"流动联合国"的和谐和安宁。

一年,一名记者来到一艘号称"流动联合国"的船上,见到了"流动联合国"的掌门人。

见到这个连续在"流动联合国"掌门近20年的船长,记者十分惊讶:中等身材,略显瘦削的面庞透着文静和洒脱,一双大眼睛闪着智慧的光芒,地地道道的学者模样!

他能把"流动联合国"管理好吗?

2005年的一天,一个中年人背着简单的行囊,来到风光绮丽的澳大利亚,登上一艘停泊在弗里曼特尔港的"流动联合国"。

这个"流动联合国"由四五个国家的人员组成,船上黑、黄、白各种肤色的人都有。

这位来自遥远中国的中年人，是这个"流动联合国"的新掌门人。

熟悉船上人员情况、了解船上设备，是新"掌门人"不可忽视和缺少的工作内容。

他逐项进行检查、询问，不放过每个角落、每个细节。当来到救生艇甲板时，他发现救生架存在问题，心头不禁一惊：救生艇设备关系到每个船员的生命安危，绝不能有丝毫马虎。他立刻将负责救生艇的三副唤来询问。菲律宾籍三副如实地反映了情况：上船一年多从未试放过救生艇，救生艇纪录都是假的。新"掌门人"愤怒了："在上个港口是怎么通过PSC检查（港口国监督检查）的？"三副低着头喃喃地说："跟检查官说天气太冷，蒙混过关了。"

新"掌门人"立刻将船上大副、轮机长和交班船长找来，进一步摸清了情况：救生艇的修复工作在船上是没有能力完成的。新"掌门人"没有犹豫，立刻将情况通知了公司的机务和海事主管："不修复好，船不能开航！"同时通过代理报告给当地的海事部门。

救生艇终于修好了。

开航前，港口检查官登轮检查，郑重地在检查表上写下"无缺陷"。他紧握住新"掌门人"的手说："同你工作是船员的荣幸。相信你会照顾好你的船员和lady（船）。"

上船短短几天，新"掌门人"就给"流动联合国"上的船员留下了深刻的印象：中国船长，太棒了！

"流动联合国"的航迹遍及世界，各国各地的法规制度千奇百怪，花样层出不穷，稍有疏忽就会"船失前蹄"。

一次，船停靠在美国的一个港口。不久前，他们在东亚某港购买了一批肉和鸡蛋，被当地有关部门的检查官封存："船在美国期间不能开封使用！"

据说，东亚地区一带曾发生牧畜和禽类瘟疫。

午餐时，印度大厨敲开了"掌门人"的房门，焦急地说："报告船长，装鸡蛋箱子的封条被弄坏了！"原来大厨不小心把牛奶放在上面，把封条弄破了。

"掌门人"立刻赶到厨房。发现封条虽破，箱内鸡蛋却完整无损。"掌门人"松了口气，马上让人做了一个由他签名的封条，重新将箱子封好，并通过代理通知当地的有关检查官。

检查官上船检查后，高兴地对"掌门人"说："谢谢船长，你做得十分正确，不然，船会被起诉和扣留的。你为船东和船员做了件大好事，他们会感谢你的。"

船离开港后，船员纷纷对"掌门人"表示感激："多亏船长及时处理了这件看起来很小的事，否则会带来难以弥补的后果。"

"掌门人"语重心长地说："面对不同国家的法律和规章，船长都不能只凭感觉赌运气，要遵纪守法，审慎对待。这样，不但维护了法律的尊严，还保护了船东和船员的利益！"

"流动联合国"是个多民族多国籍的群体：信仰、性格、文化传统、意识形态……可谓五花八门。"流动联合国"的"掌门人"如何将他们拧成一股绳，让大家友好和谐地相处呢？

"掌门人"依靠铁打不动的管理和制度。

一年，"掌门人"驾船行驶在由非洲前往美洲的途中，菲律宾籍大副气冲冲敲开"掌门人"的房门："铜匠做事总是拖拖拉拉，磨洋工。已安排的工作进展缓慢，说他不服，还和我激烈地争吵！"大副建议炒铜匠的"鱿鱼"。

"掌门人"没有立刻表态，而是分别将轮机长、大管轮和铜匠请到房间了解情况。

　　原来，铜匠负责舷外焊接工作，按规定每次开工前，为确保舷外作业安全，都要对天气和海况进行评估，然后再进行作业。性急的大副认为评估一次就够了，再做就不需要重新评估了。

　　弄清楚情况后，不但未炒铜匠的"鱿鱼"，还表扬了铜匠坚持原则的精神。他最后心平气和地对铜匠说："要尊重大副，大副性子急，要耐心说明理由。我想大副会理解的。中国有句古话：'百年修得同船渡。'大家来自不同国家和地区，在船上合谐相处不易，大家要格外珍惜！"

　　"掌门人"的一番话，让泰国籍的铜匠心服口服，连声说道："有道理，有道理！"

　　大副知道后，对"掌门人"坚持制度原则和处理事情的方式方法给了高度评价："这是我见过的最好、最棒的船长！"

　　这位被称为"最好、最棒的船长"的"掌门人"，还是一位"爱船员如亲人"的大管家。

　　一年，在日本接任另一艘船的"掌门人"时，交班船长告诉他：印度籍三管轮工作时右手臂不慎被砸伤，伤口已处理，本人坚持留在船上继续工作。

　　"掌门人"听完后，立刻把这位受伤的印度籍三管轮请到船长室，详细询问了病情，并仔细地察看他受伤的手臂。当知晓被砸伤的手臂骨头都露了出来，现在还肿痛时，马上叫他去医院彻底检查。三管轮却迟迟不肯去。担心自己刚刚担任三管轮，去看医生会对自己的职业发展带来影响。

　　"掌门人"深知三管轮的处境，耐心地劝说道："让医生看了才能放心，确实没问题再上船。如果有问题先养好伤，想回这条船，我会向公司建议的。你放心去检查吧！"

　　印度籍三管轮含着热泪离开了船长室。

经过检查，手臂内部已化脓，需要重新缝合和治疗，否则会造成终身残疾。

"掌门人"立刻通知公司，并为三管轮准备好了回程票和离船的手续。在舷梯旁，"掌门人"握住即将离去的三管轮的手，不舍地说："好好养伤，随时等你回来。"

"流动联合国"的成员个个感动得落泪。

事情已经过去许久。一天，"掌门人"突然收到来自遥远印度的一封邮件："尊敬的船长先生，我的伤已经愈合，恢复良好。对你的关怀深表谢意。我想再与你同船，你是我认识的最亲切的如同父亲般的船长！"

"掌门人"流泪了。

还有一次在阿联酋的阿布扎比港。船临开航前，菲律宾籍大厨突然被当地移民局唤去，说是例行检查。事情发生在登船前，大厨在机场没有办理签证注销手续，违反该国的法律，要被扣押起诉。

"掌门人"虽说从未遇到这种情况，却没有慌乱。找来菲律宾籍大副和缅甸籍轮机长研究对策：一方面派人与公司沟通，一方面立即派人赶到移民局。

最后，经过多方协调沟通，移民局要求公司出具《用工合同》。几小时后，《用工合同》终于到了，但是移民局仍然不同意放人，而是要求船长写下保证，大厨上船后，要通过公司补齐签证注销手续，否则下次来港就会立刻被送进监狱。

"掌门人"没有丝毫犹豫，挺身而出：我来担保！

开航后，平时寡言少语的菲律宾大副感慨万千地说："船长救了大厨，让他避免了一场牢狱之灾！"

看完这段故事，人们不禁会说：这个"流动联合国"的"掌门人"多么难当！

那么这位被"流动联合国"成员拥护和爱戴的"掌门人"到底是谁？

他是一位铁血的山东汉子，毕业于国家海洋局宁波海洋学校航海专业。

他长期服务于中海海员对外技术服务公司（中远海员对外技术服务公司前身），是位远近闻名的优秀船长，曾被国家海洋局和中海集团评为先进工作者和优秀船长。

他赢得了人们的广泛赞誉，是一位称职的"流动联合国"的"掌门人"。

他的名字叫王忠志。

"神秘航程"的舵手

中华人民共和国成立后,被公开称为"神秘航程"的远航,仅此一例。

说它"神秘",是因为装载的货物十分特殊。这批特殊的货物除负责运送的船长外,船上几乎无人知晓。

这位船长的经历与这批货物同样充满了传奇色彩,他是新中国培养的第一代船长,参与打通南北航线的第一次试航,亲自组织了中国第一艘集装箱船的首航。他也是第一个以《海商法》与外国企业打官司维护权益并获胜的企业家,还是新中国航海学校自己培养出来的第一个远洋公司总经理和交通部部长。

"神秘航程"的舵手到底是谁?

1971年的深冬,一艘悬挂五星红旗的巨轮在雾色苍茫中缓缓驶出南方大港湛江。

雾色中,巨轮上"望亭"两个中文大字时隐时现。"望亭"号拖着白色的航迹,向大洋深处驶去。

这艘悬挂五星红旗的"望亭"号实行了少见的静默航行,不发任何电报,也不按常规报告"船位"。

几天后,这艘神秘的巨轮航经新加坡。平时,船舶都要在新加坡加油、加水、补充生活物资。但是,"望亭"号却违反常规,开航前已备足了油、水和生活物资。

绕过新加坡，直航非洲。一路上，这艘神秘的巨轮哪里都没有停靠，经马六甲海峡进印度洋，直奔好望角。

好望角地处南非，是大西洋和印度洋的交汇处。从南大西洋形成的风暴，强劲地周期性地横扫好望角，经常是"云翻一天墨，浪卷半空花"。风暴使这里成了航海者的梦魇之地。

神秘巨轮的船长，面对眼前的滔天巨浪，镇定自若，毫无惧色。

几年前，这位神秘巨轮的船长，驾驶"红旗"轮首航欧洲途经比斯开湾时，已经显露出"英雄本色"。

比斯开湾位于大西洋东部，为法国西部和西班牙北部怀抱的、向大西洋敞开的海域，是从东方去往欧洲的必经海域。

"红旗"轮首航欧洲途经这里时，这个著名的风景区十分"客气"，风平浪静，完全没有传说中"海员坟墓"的恐怖感觉。有的海员甚至说："恐怖的故事是杜撰出来的。"

"红旗"轮的船长没有掉以轻心，按照安全规章的要求做了充分的准备。几天后，"红旗"轮开始了返程的航行。

"红旗"轮离开法国汉堡途经北海，直插英吉利海峡，次日凌晨驶进了比斯开湾。

这次，"海员坟墓"没有那么"客气"了。

早餐后，一份紧急的"大风警报"递到了船长手里。

船长健步走上驾驶台。

不一会儿，船舷东南角，水天相连的海平面上，突然出现一条直冲天空的黑云，黑云自上而下呈漏斗状，上面的喇叭口张开得越来越大，要变天了！

船长发出全船总动员令："迎战风暴！"

不久，天空被硕大的黑云覆盖，眼前一片漆黑。海面上发出阵阵呜呜的哨声，冰冷的海浪铺天盖地地压向船舷。

"红旗"轮宛如一叶扁舟，在墨黑的大洋里颠沛流离。

人们纷纷奔向驾驶台，发现船长两脚岔开，手握望远镜，宛如一根"铁柱"稳稳立在那里，神态自若，心静如水！

人们瞬时放下心来。

"红旗"号的很多船员与船长"同舟共济"多年：在东海茫茫的浓雾中，与对面来船仅相隔几米"擦肩"而过；在冬季风暴肆虐的渤海湾曹妃甸锚地装煤，狂风巨浪几乎把船压进水里；在黄海，煤舱舱盖被巨浪掀飞，海水涌进煤舱……

船长总能指挥若定，像"海神"一般带领大家一次又一次战胜了狂风恶浪、暗礁险滩。

"红旗"轮单边横摇达42度，持续航行了32个小时，终于驶出了比斯开湾。

船员们不禁竖起了大拇指："永不退缩的舵手！"

而这次，"望亭"轮经过两天两夜的拼搏终于驶离了"好望角"，顺利抵达目的港几内亚，靠上一个十分偏僻、简易的码头。

"神秘航程"结束了。人们纷纷等待着神秘货物的亮相。

此刻，一名当地的军官走进船长室，向船长敬了一个军礼："辛苦了，谢谢！"

在双方的监督指挥下，神秘货物终于露面了：几十箱封存完好的大铁箱，从货舱夹层搬上了岸边的卡车。码头旁，枪兵林立，戒备森严。

这时，船员才知道，这些大铁箱里装的是货币——几内亚法郎。

原来，非洲在历史上多次遭受殖民统治，几内亚也不例外。1970年，几内亚终于摆脱了葡萄牙的殖民统治，宣布了独立。但是不幸又被一个超级大国控制。为摆脱超级大国的控制，新当选的几内亚总统塞古·杜尔拒绝了超级大国的要求，从而使经济基础薄弱的几内亚陷入瘫痪，特别是国家的命脉——金融。

当时，几内亚没有印制货币的条件，货币全由超级大国控制。几内亚几乎成了"乞丐"，无法生存。

这时，塞古·杜尔总统把目光转向了中国，并派其秘书来中国求援。中国满足了他的要求，帮忙印制了新的几内亚法郎。

最后，这批神秘的货物交由中国远洋海运集团"望亭"号运往几内亚。

担任这次"神秘航程"的舵手，是中国航海界大名鼎鼎的钱永昌船长。

钱永昌出生于上海一个普通的家庭。他从小受到航海传奇作品的熏陶，立志做一名远洋海员。1950年他高中毕业，顺利考上了当时声誉很高的航海高等学府——上海航务学院。

上海航务学院为我国培养了大批优秀的航海人才，"神秘航程"的舵手钱永昌就是其中优秀的一员。

"冰"与"火"的海上日记

瞳瞳和萌萌是对双胞胎兄妹。

一天，在救捞局船队工作的父亲季辉带来了一本书——《"中国商船首航北极"随船日记》，引起兄妹俩的浓厚兴趣。

读初中的兄妹俩从小就喜欢读书，各类书籍堆满了家里的小书架：探险的、科幻的、叙事的……他们对于海上的故事更是情有独钟。不仅因为父亲是位海员，更是因为海上特殊的环境和人物，使他们好奇和敬仰！

兄妹俩争抢着读完了这本以日记体写的书，并且推荐给学校的同学，收获了学校同学的好评，并引起广泛热议。

学校校长知道后，决定开个朗读会，让瞳瞳和萌萌选择书中精彩的篇章，在朗读会上朗读给大家听。并邀请他们的爸爸作为特别嘉宾，介绍这段北极探路的故事。

朗读会开得十分热烈，学校礼堂挤得满满的，临近的学校还派了代表参加。

瞳瞳和萌萌的爸爸季辉，首先对这本书的主要内容做了介绍：

这是一本用日记形式写成的书，介绍了中国远洋货轮"永盛"轮首闯北极东北航道的故事。

2013年8月15日，中国远洋海运集团的"永盛"轮从大连港出发，开始了试水北极东北航道的远航。

这是中国商船首次试尝经由北极航道抵达欧洲，是一次真正的破冰之旅。

过去，从欧洲挪威的希尔克内斯港或俄罗斯的摩尔曼斯克港出发，通过苏伊士运河，途经印度洋、中国东南沿海，到达北方的大连，大约有1200海里，至少要航行40天。如果通行北极东北航道，距离只有6000多海里，距离减少一半，时间也只需20天左右。

北极东北航道数百年来，一直布满茫茫的浮冰，几乎无法航行。近年来，由于全球气温升高，大部分浮冰已经融化，为大型船舶通行提供了条件。2010年9月，挪威率先使用抗冰货船，载满铁矿石，从希尔克内斯港起航，穿越北极东北航道，将这批铁矿石送到了中国，完成了具有历史意义的航行。这是继挪威探险家南森1896年乘"佛雷姆"号到达北极点之后，又一次的破冰之旅。

此后，先后有美国、俄罗斯、日本和中国的科考船来到这里。

1999年，中国科考船"雪龙"号远征北极，把鲜艳的五星红旗插在了茫茫的北极冰原上。

这次"永盛"轮史无前例的远航，引起了各方面的高度重视和关注，相关负责人特别选择了"名牌"船长掌舵，并由多位知名的航海家和探险家组成了专家组"保驾护航"。

2013年秋天，"永盛"号满载货物从江苏太仓港出发，驶往欧洲荷兰的鹿特丹港，开创了中国商船首次穿越北极东北航道的先例。

北极的天气变化多端，宛如小孩的脸，说变就变，雨、雾、雪随时出现，给航行带来重重困难。

"永盛"号驶入北极海域后，在专家组的悉心指导下，船长几乎通宵达旦地坚守在驾驶台。水手一改平时使用"自动舵"的习惯，全程使用手操舵，24小时紧握舵把不松手。一天，"永盛"号突遭大面积浮冰的包围，寸步难行。尽管有破冰船破冰开路，船速还是降了下来。

不久，一堆堆深灰色的冰丘渐渐露出水面，足有5米多高，排山倒海般压向"永盛"号。顿时船体几乎被淹没在冰山里。"永盛"号推着冰丘艰难前行，开出的航道瞬间又被浮冰覆盖。船体与冰块间咔咔的挤压声响彻天空，令人心惊胆寒。此刻，船舶颠簸极容易使甲板上的大件货物和集装箱移位甚至倾倒。

船长一声令下，船员们冒着冰冻严寒和船舶摇晃，冲上甲板将货物的绑扎一一加固。随船"保驾护航"的专家看到这种情况，二话没说，撸起袖子奔上甲板，与水手一起干了起来。

就这样，"永盛"号一步一个脚印，渐渐朝目的港驶去……

终于，"永盛"号历经23天7931海里的艰难航程，于北京时间2013年9月10日顺利抵达荷兰的鹿特丹港，成为第一艘成功由北极东北航道抵达欧洲的中国商船。

随船专家组的一名高级顾问在随船督察和调研的过程中，用日记的形式详细记录了航行的全过程，结合自己的切身感受，以满腔热忱把船员的工作和生活一一写在日记里，完成了《"中国商船首航北极"随船日记》这本书。

书出版后，引起广大读者的喜爱和关注，特别是得到了喜爱航海和探险的青少年的夸赞。

季辉有声有色的讲述，赢得了同学们一阵阵热烈的掌声。

此刻，同学们迫切想知道这本书的作者是谁。

这时校长看了看表："别着急，按程序，朗读会现在开始，先请曈曈和萌萌同学朗读几篇选出的日记。然后再介绍作者。"

萌萌首先走上讲台。面对台下坐满的人群，她显得有些紧张，但很快平静下来，用标准的普通话朗读起来：

2013年9月2日，阴，小雨，微风，冰层铺天盖地。

从昨晚开始，"永盛"号在破冰船的引领下艰难行进，与破冰船的距离最近仅几十米。航速不到每小时3海里，航行十分艰难。"永盛"号与破冰船的协调至关重要。在冰情最严重的时候，"永盛"号稍不留神被破冰船拉开距离，破冰船刚刚打开的航路就又会全部被冰封死。"永盛"号只好只身破冰航行。船体受到撞击，震动剧烈可怕！这是今天凌晨最惊心动魄的时刻。因冰情十分严重，我在驾驶台陪同船长，帮忙照应。我觉得船长需要这样的支持。

熬夜值得，一是协助船长通过了最艰难的冰区，二是今天凌晨突然发现三只可爱的北极熊，一大二小在船舶右舷的冰面上行走、玩耍。很明显大的是母亲，两只相同大小的小熊是她双胞胎的孩子。北极熊在庞大的"永盛"号面前毫不畏惧，我行我素。我抓住机会拍了很多照片。它们在一望无际的冰海里孤独前行，显得十分渺小。祝它们好运，希望人类不要伤害它们！

上午10点钟，"永盛"号终于驶出冰区。引航员下船前，特意赠予我们一面由一百名中国人签名的中国国旗。引航员告诉我们，国旗是乘坐破冰船去北极旅游的中国游客送给破冰船的。

从8月27日"永盛"号进入楚科奇海峡开始，一直到9月2日，"永盛"号在俄罗斯北方四海整整航行了七天七夜。这七天终生难忘的航程是对我们的信心、意志、经验、胆识和航海技术一次前所未有的严峻磨炼和考验。特别是在即将结束北方四海航行的最后一天，可谓惊心动魄。认真回顾和总结这七天七夜，那就是：

北极四海岂等闲，有备无患又何难。

雄心壮志历实践，永盛驰骋伴歌还。

坚冰酷水不足惧，但愿幕开云雾散。

萌萌的朗读在一阵热烈的掌声中结束。

在人们的议论声中，瞳瞳昂头挺胸地登上讲台，轻轻咳嗽了两声，亮起嗓子朗读起来：

2013年8月31日，多云，轻平流雾，能见度不足一海里。

今天是"永盛"号进入北冰洋的第五天，走楚科奇海，跨东西伯利亚，穿越一望无际的冰区。此时"永盛"号正在拉普捷夫海勇往直前。今天是周末，船上加餐，气氛略显活跃，虽喝酒不多，但仍感心潮澎湃，站驾驶台远眺：夕阳燃烧，红霞满天。情不自禁，欣然提笔：

公元二千零一十三年夏末秋初，"永盛"轻舟，肩负重任，驰骋在浩瀚神秘的北冰洋。黄昏时辰，碧波荡漾，霞光普照，拉普捷夫海静悄悄的海面上，六面荧光，七彩斑斓，酷似极地仙境。倍感心旷神怡！夜晚七时，位北纬七十有七，东经一二七，一个吉祥幸运的时刻，一个永恒旷世的星球坐标！

夕阳弦月，邂逅北天，绚丽七度高悬。

风阔浪静，水天一线，晴空万里，碧海蓝天。

海豹溪水，成双成对，海鸟翱翔，点线相连！

白熊母子，沧海一观，猛然回首，今世间去牵挂无限！

好一派北极风光，好一片北冰洋海面，实乃天下感叹！似流连忘返，于终生永念！赞叹宇宙恩赐，奇巧人间！愿沧海永恒，祝天地和谐，佑人类永远和平！

谢永盛船长盛情，报平安，送温暖，思绪万千！

怎奈爱孙不在，满腔热血，顿入冰山。（哈哈）感慨无限，海天遗憾！

七千八百海里鏖战，风云如此千变万幻，可惜此刻不圆！不日凯旋，归心似箭！

人生几何为哪般？二十三年跨越似昨天，耳顺之年，重操旧业，壮志不改，激情不变！

2013年8月31日于北冰洋。

瞳瞳朗读完后，还未走下讲台，平静的礼堂顿时沸腾起来："简直是本'冰'与'火'的海上日记！"

接着又有几位同学上台朗读了几篇日记，同样得到大家的好评："一本不可多得的好书！"

最后，校长做了总结，并请瞳瞳和萌萌的父亲季辉介绍一下这本"'冰'与'火'的海上日记"的作者。

"作者是我的老领导宋家惠船长，"季辉满怀激情地说，"宋家惠船长20世纪70年代毕业于大连海运学院（今大连海事大学），是中国最大油轮'前进'号的首任船长，实现了中国大陆大型油轮船长人数零的突破。几十年的航海生涯中，宋家惠船长多次以高级顾问和安全专家的身份，亮相众多引人注目的事件中：'神舟'飞船的海上救助保障，中国首艘航母'辽宁'号（原瓦良格）远程拖航的'保驾护航'。为此，宋家惠船长获得了许多荣誉：'中国载人航天工程突出贡献者''曾宪梓载人航天基金奖''全国环境保护突出贡献者'等。与此同时，宋家惠船长凭借他对大海和事业的执着和热爱，写下了一本本歌颂海员和海上经历的书，成为广大海员和航海爱好者学习的榜样！"

"限量版"的"航母"船长

一天，一位退休赋闲在家的老船长，被紧急叫到公司的办公室。

一份史无前例、难以置信的任务摆在老船长的面前："这是航海史上罕见的艰难航程，上级决定由你去牵头执行。"公司领导一字一板地说："希望你做好充分准备。"

老船长没有说话，拿着"任务书"默默地沉思着。但是，人们从他那炯炯的眼神里看到了信心和力量。

那是2001年春节刚过，事情发生在上海远洋运输公司。

这位鬓发斑白、略显瘦削的老船长，正是曾任公司指导船长和安监室主任的陈忠。

人们说，陈忠的一生，是奋斗的一生、航海的一生、成功的一生。

1938年，春暖花开的季节，一个健壮的小男孩在江苏启东一个四面漏风的农舍里呱呱坠地。父亲叫周龙郎，因为家里一贫如洗，幼年过继给同村的陈家，起名陈忠。养父是名地下党员，养母希望陈忠"耕田锄禾"维持生计。养父却颇有见地："三代不读书，等于一窝猪。"他坚持让陈忠走进学堂，学点本事。

在养父的坚持下，陈忠从小学读到高中毕业，并于1961年以优异成绩考取了上海海运学院，开始了他终生追求的航海梦想。

人们说，陈忠是"安全、救火、智慧"三位一体的航海家。

这话说得一点也不夸张。

1973年7月，经过海上五年多的风风雨雨，陈忠正式被提拔为公司的船长。第二年春天，陈忠踏上了已有25年船龄的"老爷船""玉泉"轮，这是艘由上海开往日本的班轮。"玉泉"轮船况欠佳：主机底脚螺丝松动，无法固定，船体锈迹斑斑，冷藏舱千疮百孔……

作为首次登上这艘"老爷船"的掌舵人，陈忠没有丝毫马虎怠慢，想尽一切办法弥补不足，并且采取一切措施多装快跑，使这艘"老爷船"重新焕发了青春。在保证货物数量、质量的前提下，确保了航行安全。

"安全"船长成了陈忠的代名词。

1975年夏天，在家公休的陈忠突然被公司派到18000吨的"静河"轮做船长。从3000吨的"玉泉"轮到18000吨的"静河"轮是质的飞跃。而且，由于原船长突发疾病住院，既没有交接班，也没有资料可供借鉴。这还是一条陈忠从未跑过的航线：在中国和澳大利亚之间往返。

陈忠船长失眠了。但是，他知道"只要登上船就没有回头舵"。翻同吨级其他船的资料、向老船员请教……最终圆满地完成了任务。

此后，陈忠有了"救火"船长的绰号。

"救火"船长在有限的航海生涯中，多次承担了"救火"的使命。

1987年初冬的一天，陈忠突然接到公司的指令：立刻赶到日本神户港，完成一次特殊的任务，将重达500吨的"核压力壳"运回上海。

"核压力壳"是我国建设秦山核电站的重要设备，不能有半点闪失，连一块油漆都不能碰坏。这等于在大海里绣花，难度太大了！

陈忠赶到日本神户港的当天，未卸下行装就奔到装运货物的"黎明"轮的大舱，对这个特殊的大件货物的绑扎、衬垫搀个进行了检查，发现问题立刻整改，整整忙了一个通宵。

"黎明"轮启航当天，日本沿海遭遇大风。一天一夜后，经验丰富的陈忠发现韩国釜山附近和山东半岛同时有股高压东移，移动前海面会出现短暂的平静。"时机到了！"

陈忠立刻下令起锚开航。"黎明"轮一帆风顺，平安抵达上海港。

码头上，蜂拥的记者把"黎明"轮围了个水泄不通。连续在驾驶台上足足站立了一天一夜的陈忠船长，睁着疲惫的双眼笑着对记者说："这是每个有责任心的海员都应该做的事！"

事情刚过去一年，陈忠又匆匆赶到英国一家船厂，接替因病回国、正在监造新船的船长。

提起陈忠的"智慧"，上海的航海界无人不知，无人不晓。

1984年，宁波外海发生一起海难事故：一艘渔船被一艘商船撞沉，造成9名渔民死亡或失踪，仅一人获救。

经有关当局调查取证并参考幸存者的陈述，初步认定上海远洋运输公司所属的"平乡城"轮为肇事船。

作为公司被告人代表的陈忠船长，抓住一个重要的现场事实：幸存渔民对事故现场的描述，恰巧证明肇事船不是"平乡城"轮。幸存者当时正在船尾，渔船正向西南方向航行。幸存者说看到了肇事船的两盏白灯，左低右高。陈忠立刻反应道："这说明肇事船是由北朝南航行。而'平乡城'轮此时正由南朝北行驶，《航海日志》上有明确的记载！所以'平乡城'轮不是肇事船。"

事实就摆在面前，陈忠船长胜诉。

1995年，公司的"秦河"轮在雾中于渤海湾触碰到挪威的一艘工程船。对方称"秦河"轮将他们拖曳作业的电缆损坏了，要求赔偿。陈忠以该电缆没有应急避让的功能，而且该水域不宜拖曳电缆为由进行反驳。

陈忠有理有节的陈述，使事情有了转机，工程船也需承担责任。

"安全、救火、智慧"三位一体的船长陈忠，这次将要完成一项什么样的"航海史上罕见的航行"呢？

摆在陈忠船长面前的"任务书"上清晰地写着：将一艘锚泊在黑海中央、没有任何设备和装修的无动力航母"瓦良格"号，通过土耳其海峡，拖往中国的大连港。

原来，由苏联建造的"瓦良格"号航母在苏联解体后成了"烂尾船"。1999年，澳门一家旅游公司买下"瓦良格"号，准备做"海上酒店"。

初秋的黑海已经冷风飕飕。陈忠和接船人员每人一个睡袋，就地睡在冰冷的甲板上。

身心疲惫的"三位一体"陈忠船长毫无睡意：这可是世界上从未有的航程啊！面对狭窄弯曲的达达尼尔海峡，陈忠船长想了各种可行的方案：拖船、缆绳、号令……并一一做了详尽的部署和安排。

2001年4月10日，陈忠船长胸有成竹地登上"瓦良格"号航母的驾驶台。

"三位一体"的商船船长首次登上了"航母"的驾驶台，在世界航海史写下了光辉的一笔。

此刻，来自中国、土耳其和乌克兰的38名船员已经就位。

一阵浑厚震耳的汽笛声中，负责拖航的拖船队起航了。

当天的航海日志是这样记载的：

08：52时"瓦良格"号进入博斯普鲁斯海峡北口，11月2日10：45时驶入达达尼尔海峡北界线，17：00时顺利驶出达达尼尔海峡。

"瓦良格"号终于驶出了号称"牢笼"的达达尼尔海峡，"三位一体"的陈忠船长成了航海史上"挑战不可能"的第一人，创造了新的吉尼斯世界纪录！

从进入达达尼尔海峡到冲出这个"牢笼"仅用了6小时15分钟，但是，陈忠船长从接受任务，到制订通航方案，到与当地海事部门艰难谈判……不知耗费了多少个日日夜夜！陈忠幽默地笑着说："这是最好的减肥运动！"

2002年3月3日，春风荡漾的大连终于迎来了遥远西方的"巨无霸"无动力航母"瓦良格"号。

这是一条长达15200海里、耗时123天的艰难航程。途中航母遭遇了地中海的狂风恶浪，穿越了直布罗陀海峡，经好望角，越过风云无常的印度洋，终于画上了一个圆满的句号。

"瓦良格"号航母就是我国"辽宁号"航母的前身。

至今，人们在津津乐道"辽宁号"航母时，总不会忘记它的第一任船长陈忠。

人们在陈忠"三位一体"船长的头衔前，增加了一个新的头衔——"限量版"的"航母"船长。

永不消失的风帆

今天，是翁帆教授的生日，也是他执教50周年的纪念日。

翁教授的亲朋挚友和在校学生，把会议室挤得满满的。

一个大蛋糕上插满了蜡烛，中间竖了杆形似"风帆"的小旗。

这是按翁教授的意思特意定制的。

翁教授原名叫翁远祖，是这所著名航海学校的终身教授。他出生在一个富裕的家庭，父亲是浙江一带著名的企业家。

一个偶然的机会，翁帆考上了世界著名的航海学校——英国皇家海军学院。英国皇家海军学院是所要求严格、训练刻苦的专业航海学校。

从小瘦弱的翁帆克服了许多困难和挫折。一次海上训练时，他不幸摔伤了腿。父亲知道后，劝其退学返回故里，继承父业。翁帆进退两难。

就在这时，一个轰动英国乃至世界的事件，不仅让翁帆留了下来，还使翁远祖改名为翁帆。

这是一个怎样的事件呢？

埋藏在翁教授心里半个世纪的"秘密"，今日终于真相大白了。

事情发生在第二次世界大战期间。主角名叫彭林，是一名来自中国海南岛的年轻水手。

这年，彭林刚满25岁，在一艘英国货船"班莱门德"号上做水手。

一天，"班莱门德"号刚刚驶离南安普顿港不久，不幸被潜伏多时的纳粹潜艇击沉。

彭林穿着救生衣爬上了一个小小的木制救生筏，开始了孤独漫长的海上漂泊。

救生艇上除了一块帆布风帆、几包饼干、一罐淡水、几发照明弹和一支手电筒外，没有其他物品。

彭林精心地盘算着：每日两块饼干、几口淡水。这种生活顶多维持个把月。

彭林十分渴望获得营救。但是，每次机会都错过了。一次，一艘货船从他身边"擦肩"而过。还有一次，一架标有美国国旗的巡逻机，在救生筏上空盘旋片刻却又离去。更不可思议的是，一艘纳粹的潜艇发现了他，虽然没有伤害他，但仍对他不管不顾。

沮丧、寂寞、饥饿和孤独，困扰和威胁着年仅25岁的彭林。死神几乎随时都在逼近彭林。

彭林没有退缩，他设法维持生命，自己解救自己。

"我要活下去！"

淡水消耗殆尽，他拆下救生衣上的帆布制成了个小容器，收集雨水；食物耗尽，他捕鱼充饥；没有渔线，他硬是把又粗又硬的缆绳捣鼓成细软的渔线，用仅剩的最后一块饼干做诱饵。

鱼儿上钩了，他把鱼肉做成生鱼片，鱼血成了最佳的"饮料"。

一天，筏上晒的鱼片引来了几只贪食的海鸥，彭林想起了小时候掏鸟窝抓小鸟的经历。他从筏底采来海草码成一个"鸟窝"，把鱼片搁在窝边，海鸥终于飞了下来。

彭林未费吹灰之力，就把海鸥捉到了手，吮吸了海鸥的血和内脏的水分，美餐了一顿海鸥肉。

为了保持自身的体能和力量，风平浪静时，彭林坚持下海围绕救生筏游泳。大西洋的烈日烤得彭林全身黝黑，活像一位非洲的渔民。

浩瀚的大西洋是鲨鱼的天堂，鲨鱼经常神气地出现在救生筏的周围。

彭林决定捕捉鲨鱼。

他加固了渔线，把海鸥的残肉做诱饵。鲨鱼终于上钩了。经过一番厮杀，鲨鱼成了他的"救命恩人"，鲨鱼内脏的鲜血，使他断了水的身体得以补充，割下的鲨鱼鳍成了美味佳肴。

就这样，彭林想尽一切办法来维持生命，与饥饿、恐怖、孤独、死亡……作斗争。

彭林还用"－"和"×"分别代表白昼和夜晚，写在风帆上来计算日子。

时间一天天过去了。无论风平浪静还是波浪滔天，每天清晨，彭林总是把那张惨遭风吹浪打、已经千疮百孔的风帆升上桅顶。

风帆给了彭林动力，也给了他希望。

1943年4月3日，彭林发现远处海面上有条货船的影子。彭林拼命挥动着风帆，竭力地呼喊着："胜利了！"

货船发现了彭林。彭林被救上船，并被送到了坐落在亚马孙河入海口的贝伦港。

此时，彭林已经在大西洋里漂浮了131天。彭林横渡了大西洋，创造了航海史的纪录。

他上岸后，竟无需他人搀扶，在巴西稍加休息和治疗后，来到了美国纽约。

这位25岁的年轻水手，受到当地居民的高度赞扬和热烈欢迎。

彭林只身在大西洋漂流了131天的惊人壮举，传遍了英伦诸岛，惊动了世界。

　　彭林在海上的拼搏精神和生存方法，被英国海军部印成了小册子《永不消失的风帆》，分发至海军学校每位学生的手里。

　　此刻，在海军学院就读、对自己的前途还犹豫不决的翁帆，拿着这本小册子，心里久久不能平静，那只吹不倒的"风帆"一直在他的脑海里飘扬。"我要为中国人争光。"他终于下定了决心。

　　随后，他把自己的名字改为翁帆。

　　翁帆在英国皇家海军学院毕业后，坚持回到祖国，从一名水手做起，最终成为一位知名的航海家、航海技术专业的教授。

"瘸腿船"新生记

一夜之间，"珊瑚"号轮机长洪智成了网络红人。《"瘸腿船"新生记》吸引了众多网民的眼球。

媒体记者蜂拥而至："怎么会由海鸥想到救'瘸腿船'的方法？""还不知道动物救船的故事吗？"长枪短炮不断朝"瘸腿船"操手洪智袭来。

明天，洪智将参加航海学会组织的"海上救助"专题研讨会。《"瘸腿船"新生记》是压轴的重头戏。面对记者的"狂轰滥炸"，长期在海上工作、不善言谈的洪智有些应接不暇，他以明天参加会议为由，逃出了记者的包围。

灯下，洪智翻开从图书馆借来的《海上救助奇异录》，想从中寻找些动物救船的资料和依据。《"瘸腿船"新生记》的故事是不是出现得太偶然？动物拯救难船的事例，虽有耳闻，却还未见到确凿的资料。

突然，一个标题引起洪智的注意——"神鱼显威拯救难船"。

洪智迫不及待地翻到书的这一页：

1874年盛夏，一艘名叫"克鲁西达"号的英国多桅帆船，载着200多名移民从比斯开湾出发前往新西兰。不料，出航的第五天，发现船舱不断漏水。

船员用抽水机拼命地往外抽水。

由于漏水严重，船开始倾斜。

这艘大型多桅帆船经历过多次海难事故，又多次死里逃生，被称为"海上幸运儿"。

而这次"海上幸运儿"获救的机会十分渺茫。船长经过慎重考虑，决定立刻弃船逃生。

乘客纷纷爬上救生艇，船员集中在甲板上准备最后撤离。

就在这时，操纵抽水机的船员忽然发现涌水处突然封闭。匪夷所思的船员来不及多想，拼命将涌水全部排出。

"克鲁西达"号终于脱离险境，平安抵达新西兰。

漏船被拖上船坞，发现有条大黑鱼紧紧塞住了船底的漏水口。

无独有偶，80多年后的深秋，一艘香港货船"东方明珠"号在印度洋搁浅漏水，在大家拼命抢救依然无望时，一条大鲨鱼堵住了漏水口，拯救了货船，人们把这条大鲨鱼称为"神鱼"。

后来，专家做了科学分析：鱼有趋光性，船漏水口透出的灯光吸引了大量海鱼汇聚，贪食的大鱼在追逐小鱼的过程中被海水压力挤塞在漏水口，起了"堵塞"的作用。

洪智读完这段文字既惊喜又疑惑：惊喜是动物救船早有先例，疑惑的是《"瘸腿船"新生记》与"神鱼"救船的情况大不相同。

不过，为使明天的研讨会有圆满的结果，洪智对《"瘸腿船"新生记》的细节逐一进行了修改和分析。不善言谈的洪智让儿子连夜将《"瘸腿船"新生记》发言稿打印了出来。

第二天研讨会上，《"瘸腿船"新生记》引起了专家学者的好评和肯定。

不久，经过修改和整理，《"瘸腿船"新生记》全文刊载在《航海》杂志上。

事情发生在1987年9月28日，一艘满载的中国远洋货船"珊瑚海"号航行在太平洋海域。

海上风平浪静,碧空万里。

年过半百的轮机长洪智在机舱巡视后,放心地回到住舱。这天是老伴的五十大寿,聚少离多的海上生活使洪智十分内疚。每当老伴生日时,总要发短信表示祝贺。这次远航洪智还特意为老伴带了治疗慢性病的新药。

洪智掐指一算,还有10天的航程就可以"踏进国门"了,兴奋之余哼起了家乡的小调……就在此刻,船身一阵剧烈的震动,使洪智差点摔倒,震动来自机舱。

洪智急忙奔到机舱,经过仔细排查:原来是主机轮轴上的螺旋桨叶片断裂了,四只叶片剩下三只,运转失去了平衡,轮船成了"瘸腿船"。为了减小震动,主机减缓了转动。

"珊瑚海"号在太平洋里漂浮着。

船员立刻向公司总部汇报,并向海域周边国家船厂发出了紧急求助电报。

"珊瑚海"号是艘老龄船,旧式的螺旋桨已被淘汰。好不容易找到了一家有类似配件的船厂,由于相距较远,"远水解不了近渴"。

这片海域水深浪急,遭遇风暴凶多吉少。这时,飓风预报的传来更是火上浇油。

大伙焦急地聚集在餐厅出谋划策。

这时,一群银白色的海鸥"嘎嘎"鸣叫着在船尾盘旋。海员们知道这是大风来临前的征兆。平时,海员们会拿出照相机拍照或冲向甲板撒些食物"犒劳"这些海上的"伙伴",但此刻大家都没了心情。

就在这沉闷的时刻,一直没露面的轮机长洪智突然闯了进来:"咱们的船有救啦!"

原来,一直在甲板抽烟的洪智,望着盘旋在头顶的海鸥突发奇想：海鸥能平稳地在天空翱翔，靠两只平衡的翅膀，如果螺旋桨再去掉一只叶片，不就能像海鸥双翅一样平衡了吗？

洪智边说边伸出双臂，学着海鸥飞翔的样子说："三只桨叶再割掉一只不就能像海鸥一样平衡了吗？"

顿时餐厅里一片哗然，人们热烈地讨论起来，有人想起儿时玩的纸飞机，有的忆起飞翔的风筝……洪智干脆用筷子和纸片做成了两叶的"螺旋桨"，拿在手里旋转不停……

洪智的设想得到了大多数船员的认同，并把这个大胆的想法报告给了公司总部。

总部经过慎重的研究，同意了船上的"权宜之计"，并联系委托就近的船厂，派直升机送来水下电焊队。

水下切割工作进行得十分顺利。

不久，"珊瑚海"号主机又轰隆隆地高速旋转起来，船身不再剧烈地震动。"珊瑚海"号赶在飓风前安全抵达目的港。

事后，人们开玩笑地说："这是上帝派来的'天使'海鸥救了大船。"

更多的人则称赞洪智的智慧和想象力："是轮机长救了'瘸腿船'。"

洪智因此获得了当年海员工会颁发的技术创新"金锚奖"。

海上"圣诞老人"

这是一个真实而离奇的海上故事。

陆淼淼当上船长的当年，驾驶"东方"号来到希腊的比雷埃夫斯港。

恰巧，此时正值"圣诞节"，人们沉醉在节日的欢乐中。大家都在休假，码头空空荡荡，除了林立的吊杆，几乎看不到人影。

"东方"号锚泊在锚地等待进港的通知。

陆淼淼的祖父是位虔诚的基督教徒。所以，陆淼淼对"圣诞节"略知一二，知道"圣诞节"是基督教最重要的节日。

陆淼淼利用"东方"号锚泊的空间，找出随船携带的《世界民俗大全》阅读起来。陆淼淼被称为海上"书柜"，广泛阅读了各种书籍。

《世界民俗大全》的内容十分丰富多彩，是航海者喜爱的知识性读物。

"圣诞节"当天，基督教会要举行特别的礼拜仪式。随着时间的推移，许多国家的"圣诞节"已与宗教无半点关联，大家交换礼物、休假娱乐。拉丁美洲的许多国家非常重视每年12月25日的"圣诞节"，把它与新年连在一起，而它的隆重和热闹程度大大超过了新年！

"圣诞老人"逐渐成了圣诞节最受人们喜爱的象征和传统，他为人们赐福驱邪。

陆淼淼想到此处，产生了一个念头：在"东方"号锚泊期间，举办一个让"圣诞老人"为船员赐福驱邪的娱乐活动。然而，船上除了两名外籍船员，大多是来自东方的亚洲年轻人。

最后，陆淼淼决定亲自扮演"圣诞老人"。

就在陆淼淼做出扮演"圣诞老人"决定的时候，船上突发一个意外事件：一位年轻的中国船员突发心梗，情况十分危急。

船上向港口发出了"紧急求救"信号。

不久，一架直升机降落在甲板上，一位背着药箱的"圣诞老人"走出机舱。

经过这位"圣诞老人"的抢救，患者转危为安。

这位"圣诞老人"是名医生，由于时间紧迫，这位正在欢乐中的"圣诞老人"，没来得及"卸妆"就赶到了海上。

陆淼淼紧握着这位神奇的海上"圣诞老人"的手，连声说道："谢谢！谢谢'圣诞老人'！请问您叫什么名字？"

"圣诞老人"笑着说："不用谢，我叫安东尼。"并用生硬的中文说了句："我的中文名字叫汉川，汉族的汉，山川的川。"

"汉川？！"

还未等到场的人反应过来，陆淼淼直直地盯着眼前这位海上"圣诞老人"，连声喊道："汉川，你是汉川！"

在场的人们都惊呆了："这是怎么回事？"

陆淼淼连忙将海上"圣诞老人"迎进舱室，说起了多年前父亲给他讲的一段难忘的往事。

听完陆淼淼的讲述，海上"圣诞老人"再也坐不住了，起身将陆淼淼紧紧抱住："真是无法想象，太神奇了！真是太巧了！"

陆淼淼风趣地竖起大拇指，笑着说："都是'圣诞老人'带来的机会！"

事情还要追溯到35年前陆淼淼父亲一次难忘的航海经历。

那一年，陆淼淼的父亲陆毅在一艘以中国地名"汉川"命名的中国远洋货船上做水手长。

一天，"汉川"号满载货物缓缓驶出苏伊士运河，迎接他们的是咆哮的地中海冬季风暴。

"汉川"号在风暴中猛烈地摇晃。陆毅带领水手冒着风浪加固完甲板上的货物后，刚走进舱内准备休息，突然警报响起：一艘希腊货船"艾琳娜斯霍普"号在风暴中请求救援。

实施救援是海上航船的责任，同时要承担巨大的风险。冬季地中海的风暴可与好望角的狂风恶浪相提并论。

雷达显示屏上显示：难船附近有七八条船"擦肩"而过。

经过简单的商讨，"汉川"号决定转向，向"艾琳娜斯霍普"号驶去。

此刻，"艾琳娜斯霍普"号船身严重倾斜，船尾已被淹没在水中。风暴声和呼救声连成一片。

"汉川"号逐渐靠近难船。这时，狂风夹着雪花朝甲板猛扑过来。陆毅和水手被刮得东倒西歪，睁不开眼睛。

船身剧烈地摇晃着，水手们抱在一起坚持在甲板上待命。

船长凭着多年与风浪搏斗的经验，利用风浪的"空当"到达难船所在地。此时，难船的船员已经登上救生艇，随风浪疯狂地颠簸着。情况十分危急。

"汉川"号冒着风险，在难船四周等待营救机会，终于接近了救生艇。陆毅和水手将救生绳抛向救生艇，13名船员先后登上了"汉川"号，只剩下"艾琳娜斯霍普"号船长和三名船员不肯上船，他们想与难船共存亡。

"汉川"号船长和陆毅苦口婆心地劝导难船船长："航海的路还很长，我们在旁边保护你，等待你的归来！"难船船长感动了，终于登上了"汉川"号。

"艾琳娜斯霍普"号的海员来自世界各地，都是久经风浪的老船员。惊魂未定的难船船员说："清晨，我们发出了求救信号，先后有七八条船无情地从旁边驶过，毫不理会。沮丧和绝望笼罩着整条船上的人。就在这时，你们出现了，当大家得知是中国船时，有人兴奋，有人怀疑。去过中国的船员兴奋地说，中国船一定会救我们的。怀疑的人认为，如此大的风浪自身都难保，谁敢贸然来救？但你们真的来了！"

"汉川"号终于驶出了风暴区。

按照难船船长的请求，"汉川"号驶进了希腊的比雷埃夫斯港。

在盛大的感谢宴会上，"艾琳娜斯霍普"号船长感动地说："我的妻子就要临产了，如果是个儿子，我就给他起个中国名字'汉川'，以表示对你们的纪念！"

在陆淼淼考入航海学校的当天，父亲专门给他讲了这个感人的故事："如果将来有机会去希腊，也许能见到'汉川'呢！"

令陆淼淼难以置信的是，眼前这位海上"圣诞老人"竟然就是"汉川"！

这就是航海，它给人们带来了太多的惊喜和感动。

"搬不动的南极石"

东海之滨的厦门，有座驰名中外的航海院校——集美大学航海学院（原集美航海学校）。

校史陈列室有块黑灰的石头，引起众多参观者的好奇：面盆大小，表面有风化的斑斑疤痕，却十分坚硬。

这块石头被称为"搬不动的南极石"，被摆放在陈列室显要的位置。

校史陈列室摆放的都是校友赠送的纪念品，每件都与他们的生活和工作息息相关。

这块仅有几十斤重的石头为什么被称为"搬不动的南极石"呢？它背后有什么故事？

一位老师揭开了这个秘密，它是一位著名船长特地从南极带来的，"搬不动的南极石"也是这位船长的"代名词"。

1999年2月的一天清晨，我国第一艘大型科学考察船"雪龙"号正行驶在浩瀚的印度洋。

此刻，罕见的超强热带风暴突然呼啸而来，十几米高的海浪嘶叫着向"雪龙"号猛扑过来。

"雪龙"号瞬间成了一叶孤舟，时而被推上浪峰，时而被砸向浪谷。螺旋桨打空车发出的声响震耳欲聋，船体发出阵阵撕人心肺的响声。

站在驾驶台上凝神瞭望的是位年轻的船长，他手扶着瞭望窗前的扶手，双腿稳稳站在窗前，不时发出舵令："把定！左舵……右舵。"

这是艘价值连城的科考船，船上都是国内顶级的科学家。船舷外风狂浪急，危机四伏。船舶的速度、方向、倾斜度、转向都时刻关系到船上人员的安危。稍有疏忽，后果难以预料！

驾驶这艘"宝船"的船长来自集美大学航海学院，毕业后来到国家海洋局，加入科学考察的行列。经过风浪、冰川、寒潮、大雾……的考验，他从水手、驾驶员到担任"雪龙"号船长，在短短的十几年里，驾驶"雪龙"号11次穿越南太平洋风暴区，多次横跨赤道，航程超过10万多海里。在冰天雪地的南北极航行1万多海里，创造了中国科考船的奇迹。

这位年轻的船长没有辜负大家的期望，安全驾驶"雪龙"号穿越了罕见的风暴区。

此刻，精疲力竭的船长瘫倒在驾驶台上。人们含泪将他扶下驾驶台。

船员太了解他们的"掌舵人"了：倔强、坚韧，对"雪龙"号不离不弃……但是，心疼和担忧一直纠缠着船员的心。"雪龙"号漫漫的航程中，狂风、恶浪、冰川、海盗、疾病无时不在，"掌舵人"能坚持住吗？但是，这艘中国最大的科考船离不开他！

"掌舵人"似乎了解大伙的心思。一次南极返航途中，人们发现船长房间多了块"南极石"。

不久前，在"雪龙"号赴南极前的宣誓会上，一位年长的科学家代表向大家表示："困难再多，危险再大，也要像"南极石"一样扎根南极，谁也搬不走！"

人们明白了：船长是块搬不动的"南极石"，永远扎根在"雪龙"号上。后来，人们尊称他是"搬不动的南极石"。

事隔不久，"雪龙"号再次出现在南极的冰川里，站在驾驶台上的仍然是"搬不动的南极石"。

一年后，这位"搬不动的南极石"建立了"雪龙之家"网站，仅一次南极航行就有近万人访问他的网站："是什么力量让你坚守在这条险情百出的航程上？"他的回答十分坦然："当一个人满怀对祖国的热爱，充满了神圣的使命感的时候，他是不会惧怕任何困难的！"

"搬不动的南极石"在"雪龙"号上整整坚守了17年。

这位让人敬佩的船长，就是袁绍宏。

袁绍宏出生在江苏省泰州市，航海学院毕业后加入了国家科学考察队伍，一干就是几十年，一直没有离开大海，没有离开南极，没有离开"雪龙"号……

"袁绍宏船长是个铁血的男子汉，遇到艰险勇往直前，平时又是一个有柔软心肠的热心人。"老师接着讲起袁绍宏船长另外两个感人的故事。

2002年12月的一天，"雪龙"号从利特尔顿港起航不久，就在太平洋遇到了风力11级的强风暴，上百吨的海水涌上甲板，航行灯被打掉，配电箱被吹跑，电缆架被打散……前舱进水，船尾翘起，螺旋桨空转的剧烈震动声响彻海空……船体倾斜度超过了20度。人们纷纷奔上了驾驶台。

望着眼前的险情和船员期盼的目光，袁绍宏沉着冷静，发出一个又一个指令。经过近一天一夜的较量，"雪龙"号终于闯出了"魔鬼西风带"。

事后，人们发现平时很少流泪的船长眼眶红了："危急关头，船长不能倒下，大家都盯着你。一旦船遇险，无人能救你，只能靠自己的毅力和智慧。眼前不是别人，都是同甘共苦多年的兄弟啊！"

驾驶台顿时抽泣声响成一片。

另外一个感人的故事是在"雪龙"号第十六次南极考察的途中，由于劳累过度，一位极地研究所的老科学家在南极卸货时累得大吐血，生命危在旦夕。"雪龙"号必须尽快将其送到最近的智利港口抢救治疗。但是，此刻"雪龙"号已被浮冰层层包围，船头无法转向。人们发现，平时面对各种险情都镇定自若的船长眼圈红了，含着泪声嘶力竭地叫喊着口令，"雪龙"号地撞击着浮冰缓慢前进。整整用了12个小时才闯出一条路。船长这时已经泪流满面……

老师娓娓动听的讲述，使在场的人感动万分，流下了激动的泪水。

当人们问起陈列室那块"搬不动的南极石"的来历时，老师告诉大家，一年秋天，"雪龙"号首航厦门，袁绍宏应邀回到阔别十几年的母校。他深情地回忆起在母校度过的难忘岁月："如果没有母校老师辛勤的培养，就没有我的今天。母校给了我开启知识大门的钥匙。这把钥匙就是扎实的理论基础和吃苦耐劳、孜孜不倦的求知精神。"他决心以优异的成绩报答母校的培育之恩，并向母校赠送了这块意义非同寻常的"南极石"。

今天，当人们在校史陈列室里看到这块"搬不动的南极石"时，总会想起袁绍宏船长前往南极科考的日日夜夜和他对祖国科考事业的杰出贡献！

山那边走出来的"海老大"

柯岩从考场走出来，显得十分兴奋。伙伴问他："考得怎么样？"

"估计过关没有问题。"

柯岩是从偏僻大山里走出来的80后。几年前他拜师学了家电维修，背着工具箱走街串巷，开始维持生计的打工生涯。

在给一家维修家电时，柯岩偶然在主人家看见一本书——《上海船长》，这引起了他的浓厚兴趣。柯岩从小喜欢读书，特别喜爱海上的故事。高中毕业后，柯岩因家庭条件原因辍了学，在县城一家书店打工，读了许多航海家的故事：麦哲伦、哥伦布、郑和……这些航海家敢于探索、勇战海洋的事迹和精神，在他的心里扎下了根，他希望有朝一日登上海轮当一名海员，实现航海家的梦想。

俗话说，隔行如隔山。家电维修与航海毫不相干，中间如隔一座大山，能行吗？

《上海船长》介绍了这样一个故事：一位普通的报务员经过自己的不懈努力，不仅越过了"山"成为一位优秀的远洋船长，还成了中国航运界的"海老大"和"中国大陆集装箱之父"。

柯岩心中燃起了希望之火。他开始边打工边学习有关航海的知识，随后参加了海员专业培训，成为一名准海员。

柯岩跨"山"入"海"的路，引起家乡伙伴的关注。

为了让更多大山里的孩子走向大海，柯岩将《上海船长》里让他敬佩的"海老大"的简历整理了一下，寄给了山里的孩子们，还起了个有趣的题目：山那边走出的"海老大"。

这位让人敬仰的人名叫李克麟，是中国海运集团的总裁，人称"海老大"。

"海老大"1942年出生在浙江宁波招宝山下的古城镇海。

1960年，刚满18岁的李克麟经过报务员的培训，成了上海海运局船上的一名报务员，开始整天与嘀嘀嗒嗒的电报机相依为命。由于工作出色，没多久他就被调到了上海远洋公司，任船上的报务主任。

10年后，"海老大"打破了"隔行如隔山"的常规，考取了远洋船长证书。一双习惯触摸电报机的手，开始掌控舵把子，驾驶巨轮遨游世界各地，"东风"轮、"长安"轮等船都留下了他的身影。

出色的工作、骄人的业绩，使"海老大"获得了许多荣誉：交通部劳动模范、上海市劳动模范等。

1980年，刚满38岁拥有10年远洋船长资历的李克麟被调任上海远洋运输公司总经理，开始了"海老大"不凡的人生路。

从1971年担任远洋船长到1993年调升中国远洋海运集团第一副总裁的22年间，李克麟最引人注目的两件事是被称为"中国大陆集装箱之父"和登上"海老大"宝座。

20世纪70年代，"海老大"驾船航行在各国港口时，发现大多数国家采用集装箱运输。一次在经过巴拿马运河时，看见"台湾集装箱之父"张荣友的长荣公司在科伦坡港建造集装箱码头，发现美国密西西比河两岸来来往往的集装箱卡车，这引起了"海老大"的极大关注，也使他十分震撼："世界航运形式在变！"回到国内，"海老大"看到装船外运的货物仍然被装入纸箱，堆叠在托盘上然后被吊进大舱，速度慢、效率低，装卸一艘万吨级船至少要二三十天！

"海老大"决心改变这个落后的现状。

1983年，出任上海远洋运输公司掌舵人的李克麟，率先在国内组建了"环太平洋集装箱支线网络"，大力发展集装箱运输，并将集装箱船队打入国际市场。

"海老大"的果断决策立竿见影，不仅使公司效益翻倍增长，而且当年公司效益位列交通部运输企业第一名。从此，"海老大"被冠以"中国大陆集装箱之父"的头衔。

说起"海老大"的经历，还真有些曲折。

1979年夏季的一天，上海外滩东大名路70号海运大楼前，张灯结彩，鞭炮齐鸣。楼顶一幅鲜红的标语十分醒目：抓住沿海，拓展远洋，一业为主，多方发展！

此刻，上海海运局、广州海运局、大连海运局等五家国内知名的航运企业联合组建了中国海运集团总公司。

作为新组建公司的"掌舵人"，李克麟倍感责任重大。面对组建初期的重重困难，他没有退缩，集思广益、广招人才。一次为招进一个急需的财务人才，甚至差点与领导翻脸。至今忆起这桩往事，"掌舵人"还有点"耿耿于怀"："耍点小孩儿脾气，是为了工作嘛！"

初建的中国海运集团总公司，货船、油轮、客轮、集装箱船可谓应有尽有。"掌舵人"打破常规，无论你是哪路来的"神仙"，统统实施专业化重组，成立了投资、货贸、电信、物流、码头、船舶修造、船舶代理等18家专业公司。

李克麟成了国内名副其实的"海老大"。

俗话说，前进路上不都是坦途。

"海老大"刚迈出第一步，"亚洲金融危机"就来了。航运企业被吹得东倒西歪！纷纷被迫卖船、低价出租或拆船卖废铁……运费和工资拖欠已成常态。一天，公司财务总监急急忙忙赶到"海老大"办公室，为难地说："公司在银行的存款仅剩下100多万，应付不了几天了！"

"海老大"心里咯噔一下：公司刚成立两年多，就陷入了经济危机。多条船抛老锚、晒太阳，船员工资拖欠，工作打折扣……

"海老大"再也坐不住了，当机立断，要来个"逆势扩大"，冲破"紧箍咒"。他立刻要求各单位将所有积蓄和现金上交总部，还把四十多艘货船改成集装箱船，投入了远洋运输船队行列……

"海老大"大胆的"逆势扩张"，使集装箱运力一下子达到了近万箱。在极其困难的情况下，"海老大"实现了公司集装箱船队的迅速发展，也提高了集团的修船能力，可谓"一箭双雕"。至今提起这段往事，"海老大"脸上仍然露出得意的笑容："逆势扩张"为我们进入全球集装箱先进行列打下了坚实的基础！

"海老大"的"逆势扩张"，自然招来了一些麻烦。古人说，树大招风。有人将"海老大"告上了国务院国有资产监督管理委员会（简称"国资委"）。

李克麟未改当初爬"山"的勇气和秉性，一针见血地指出："中国每年增加一千万箱集装箱进出口，中国海运集团和中国远洋海运集团加起来的运力只有百分之十。百分之九十都拱手让外轮赚去了！怎么能说我们中国海运集团抢了别人的饭碗！"

国资委领导认为"海老大"的说法有道理，应该坚定地支持中国海运集团继续发展远洋集装箱运输，为此特别批准中国海运集团的股票上市！

"海老大"又一次站稳了脚跟。

2004年6月16日，是"海老大"难忘的大喜日子，中国海运集团在香港上市。在"海老大"的精心管理和经营下，中国海运集团的集装箱船由屈指可数的5艘猛增到500多艘，箱位数整整翻了10倍！

此刻，谁还敢小觑"海老大"呢？

2006年，中国海运集团被国家评为A级企业，并颁发了"特别嘉奖"。

《美国托运人》（*American Shipper*）杂志，连续三年推选中国海运集团为全球效益最佳的集装箱班轮公司。

柯岩编写的这篇简历，不仅使自己深受感动和鼓舞，也深深教育了家乡大山深处的孩子们：要从"山那边走出来"，实现自己的美好理想，加快改变家乡的面貌。

让柯岩唯一感到遗憾的是：当他正式作为海员登上向往已久的海轮时，他敬仰的"海老大"李克麟船长已经退休了。他盼望着有朝一日能见到这位心目中的"海上英雄"！

叛逆的"孬彩头"

她是一个奇女子，更是一位叛逆的"孬彩头"。

1953年初夏的一天，千船竞帆的川江里，一艘满载旅客的江轮正朝上游破浪前行。

"川江天险"史有记载：河道弯曲，礁石密布，水流湍急。还有"青滩、泄滩不算滩，崆岭才是鬼门关！"的说法。这艘江轮正行驶在"鬼门关"崆岭水域。

在此航行掌舵的船长都是饱经风浪的"老把式"。

站在舵楼里的"老把式"是位双鬓斑白的老船长。

此刻，老船长不敢有丝毫懈怠，凝神远眺，时而喊着舵令，时而控制着船速。

舵楼里一片寂静，只听到舵轮转动发出细微的咔咔声。

忽然，一位梳着羊角辫的姑娘悄悄登上了舵楼，手里还捧着一个厚厚的笔记本。

船长发现这位姑娘后，不禁心头一惊：来者不善！连忙与身旁的舵工耳语几句。随后舵工走到这位姑娘面前，连哄带劝，好不容易将这位"不速之客"劝下舵楼……

第二天午饭时，船上发现登"舵楼"的姑娘失踪了。把甲板、船舱找了个"底朝天"，仍然没有发现她的踪影。难道她掉进江里了？

人们像热锅上的蚂蚁慌了神！

船长赶紧命令拉响求救汽笛，请求来往船只协助搜救，并放下了救生艇，抛下了救生圈。

顿时，江面笛声阵阵，船舶聚集在江轮四周。江面上一派生死救援的紧张场面。

就在人们焦急万分之时，桅杆顶传来一阵爽朗的笑声。原来这位姑娘爬上了桅杆顶。

"怎么爬上了桅杆顶，危险！赶快下来！"人们纷纷关切地叫喊着，让她马上下来。

姑娘却在桅杆顶要起了赖："不让我上舵楼学驾驶，我就不下来！"

这位姑娘正是广东省立潮汕高级商船技术学校毕业的实习生。

在汕头一带有个不成文的习俗：女人上船被视为"孬彩头"，更别提当"船老大"了。

这位刚走出校门、满怀壮志的姑娘，想登上舵楼学习驾驶技术，却遭到了船员的婉拒。一心想驾船的倔强姑娘在百思无解的情况下，想出了个歪主意——"逼驾"。"不让我学驾驶，我就不下来！"

这个"歪主意"果然奏效。

船长终于妥协了："我答应，快下来！"

姑娘二话没说，"唰"一声滑下桅杆，一溜烟跑上了舵楼。

没多久，她领到了三副驾驶证，实现了幼年时闯川江的梦想。半年后被破格提拔为二副驾驶员，成为川江第一位独立操船的女驾驶员。

她就是中国航海史上第一位女引航员李正容。

1950年，广东省立潮汕高级商船技术学校招收中国第一批航海女驾驶员。

从小识水性而且向往海阔天空的李正容，顶住世俗的偏见和家人的阻拦，毅然报考，并从400多名考生中脱颖而出，被成功录取。1953年，她以优异的成绩毕业，打破女子不能上船的传统观念，义无反顾地奔赴艰险的川江。

但是，她没有想到，上船后遭到了种种刁难。

性格倔强的李正容没有退缩：不让上舵楼决不罢休！

在中国漫长的历史长河里，女中豪杰数不胜数：戍边御敌的佘太君，替父参军的花木兰，中国首位女飞行员王灿芝，第一个女拖拉机手梁军，共和国女将军李贞，中国第一位远洋女船长孔庆芬……每个人都有段难以忘怀的经历，李正容亦不例外。

20世纪60年代，在上级安排下，做了多年江轮船长的李正容，离开了伴随她不知多少日日夜夜的川江，回到了家乡汕头。

此时的汕头已今非昔比，来往汕头港的船舶川流不息。

凭着多年的经验和责任感，李正容开始了引领海船进出汕头和榕江的引航生涯，成了中国有史以来第一位女引航员。

但是，"家门口"的事情并非一帆风顺。

20世纪70年代的一个冬天，有艘满载5000吨汽油的海船要进入榕江枫口油码头。

当时的榕江航道狭窄、水流湍急，时有船舶搁浅触礁，从未有大吨位油船进江的先例。如果过驳再进江，不仅会产生高额过驳费，延误船期，更麻烦的是过驳会产生很大风险，因为船舱里装满了易燃的汽油！

领导为难了，此时，他们首先想到了李正容。

几年前回乡担任引航员的李正容没有辜负人们的期望，在弯曲狭窄、水流湍急的榕江，充分施展了她的才能，安全无误地将一艘艘海船引进榕江，被人们誉为"榕江安全第一人"。

领导找来了李正容。

李正容二话没说："服从组织安排！"

但是，她万万没有想到，她的这个决定，遭到了她最亲近的同事——引航员丈夫余世鹏的极力反对和阻拦！在苦苦劝阻无效后，他甚至拿出了"离婚证""威逼"李正容放弃引领油轮进江的任务。

这是李正容航海生涯中又一个难越的"拦路虎"！设这个"拦路虎"的不是别人，正是她相濡以沫几十年的丈夫。丈夫余世鹏也是位经验丰富的引航员。

李正容失眠了。

李正容想，丈夫的劝阻不是没有道理：狭窄的航道、庞大的海轮、满船的汽油……如果发生意外，后果将不堪设想。但是……路总是要人去闯的呀！

经过几十年风风雨雨的李正容没有采用当年"逼驾"的招数。她耐心地给丈夫做工作，并把过江的详细计划和准备情况一五一十地讲给丈夫听："你放心，绝不做无准备的事，不打无把握的仗！"

与李正容结婚几十年，余世鹏深知妻子的脾气："她决定的事，十头牛也拉不回！"当然，他更了解妻子的技术和能力。

余世鹏终于被说服了。许多年后，余世鹏拿出那张假的"离婚证"笑着对妻子说："当时，对你用什么办法都没用！"

油轮进江的前天晚上，夫妻俩彻夜未眠。第二天，天刚蒙蒙亮，余世鹏就已经准备好了丰盛的早餐。送走妻子后，他通过打电话时刻了解油轮的情况。有丰富引航经验的他，此刻仍然十分不安。

但是，电话里一直没有听到妻子的声音。一直沉稳的余世鹏心一下子提到了嗓子眼儿：她能平安进江靠上码头吗？

直到接近晌午，电话里终于传来了妻子喜悦的声音："船已安全靠妥码头！"

这时，丈夫余世鹏才放心地去吃饭。

在迎接李正容凯旋的大会上，余世鹏捧着一束鲜红的玫瑰献给了李正容："真棒，比我还厉害！"

几十年劈波斩浪，类似的风险不知经历了多少次。但是，凭着精湛的技艺和过人的胆识，李正容在曾是男人专属的职业中，屡创奇迹。

2015年，82岁高龄的李正容安详地离开了人世。1957年上映的影片《乘风破浪》就是以她为原型。她那倔强勇敢的形象，至今还深深留在人们的脑海里。

李正容一生创造了"连续航海45年安全无事故"和"安全引航30年"的骄人业绩！

李正容是中国第一位女引航员，是人们敬仰的"叛逆者"。她的音容笑貌将永远留在人们心中。

石头"舵把子"的难忘航程

在长江里驾船的人，被称为"舵把子"。

千百年的长江航运史，造就了成千上万的"舵把子"。石头"舵把子"就是其中的优秀代表之一。

这位被称为石头"舵把子"的人叫石若仪，是一位驰骋万里长江的女船长。

1953年的秋天，18岁的石若仪从广东省立潮汕高级商船技术学校（后改名为长江航务学校）毕业，来到长江航务管理局武汉分局开始学驾航，走上了长江航船的驾驶台。

长江三峡风景如画，但是长江的航道十分险恶，千变万化的激流、密布江底的暗礁，使许多人望而却步。

石若仪睁大眼睛，望着波涛滚滚的江面上时隐时现的礁石，暗暗吃惊："我能在这里驾船吗？"

女人要在长江里驾航，不仅要克服生理上的障碍，更要克服传统习俗上的挑战："女娃儿学驾航，神女都犯愁""川江的'舵把子'啥时候让女人摸过""婚一结，娃一生，迟早要下船"……

石若仪没有退缩。

石若仪虚心地向"老川江"学习，随身携带一本记满长江航道暗礁的"石头账"，把礁石的名称、位置牢牢记在心上。

人们亲切地称她"小石头"。

两年后，石若仪成了长江最早的一批女驾驶员之一，做了船上的三副。

结婚后的石若仪，不仅没有放弃长江，而是更加勤奋、努力，靠着顽强的毅力和坚定的信念，踏踏实实地工作。

1976年春天，石若仪成了"江峡"轮的船长，人们亲切地称她为石头"舵把子"。

石头"舵把子"在长江里与风浪搏斗了30年，安全航行了30年。

有一年"三八"妇女节前夕，一群女学生敲开了石若仪在武汉的家门。

已经退休年近花甲的石头"舵把子"身体硬朗、精神矍铄，不减当年风采，滔滔不绝地讲起在长江的日日夜夜，特别讲到了几次令她终生难忘的航程。

1958年的初春，长江轮航公司的"江峡"轮停靠在重庆朝天门码头。

石若仪刚担任"江峡"轮三副不久，正准备明晨起航的事宜。

此刻，夜色正浓，山城重庆一片寂静，突然一辆黑色的轿车缓缓来到码头旁。

一个魁梧高大的熟悉身影从车里走了出来，石若仪眼前一亮："毛主席！"

毛主席要乘坐"江峡"轮畅游长江。

石若仪望着毛主席慈祥的面庞万分激动。这一夜，石若仪没有睡觉，把手头的工作检查了一遍又一遍，而且一改平日"女汉子"的性格，动作轻手轻脚，生怕惊扰了毛主席。

清晨，"江峡"轮静悄悄地离开了重庆朝天门码头。

不久，石若仪和"江峡"轮引水员被叫到船尾三楼的甲板。

这时，毛主席正拿着望远镜察看长江两岸的景色，转身看到石若仪几人，缓步走了过来。

听说石若仪是船上的三副驾驶员，毛主席高兴地说："现在我们有女航空员、女司机，还有了女驾驶员。"接着问起石若仪："你看过画报上登的一位苏联女船长的故事吗？有没有遇到那么多的困难呢？"

"看过了。"石若仪明白毛主席的意思："希望中国也能有出色的女船长。"

毛主席亲切地问："船上有没有人欺负你？"

"没有。"

毛主席笑了笑，说："向老船长拜师学艺要不要磕头？"

"不磕头。"

毛主席望着石若仪风趣地说："起码也要点点头吧！"

这时，船已驶进了涪陵水域。

毛主席坐在沙发上，让石若仪坐在他身旁："在长江里学习驾船困难吗？"

"刚上船时什么都不懂。"

"现在懂得多了些。"

毛主席边望着两岸边说："当你对一件事物不够了解时，往往是害怕的，正如面对蛇一样，当人们还不了解蛇，没有掌握它的特性时，感到十分害怕。但是，一旦了解它，掌握了它的特性和弱点，就不再害怕了，而且可以捉住它。"

听了毛主席这番教导，石若仪心中豁然开朗，增强了学好驾驶技术、尽快当上"舵把子"的信心和力量。

毛主席和蔼可亲的神态，使石若仪紧张的心顿时放松下来。

石若仪问毛主席："您来过几次重庆？"毛主席幽默地说："第一次是蒋介石请我来的，结果什么也没谈成。这是第二次。"

石若仪与毛主席的谈话，直到吃午饭时才结束。

第二天，"江峡"轮驶入了景色壮丽的三峡。毛主席健步登上驾驶台，继续听石若仪介绍三峡的情况。

毛主席望见岸边竖立的"孔明碑"上的"重岩叠伟，名峰奇秀"几个斗大的刻字时，高兴地说："我们走完三峡了。"

石若仪急忙说："还没有。"

毛主席指着手中的介绍资料说："过了'孔明碑'，三峡就走完了。"

此刻，石若仪脸红了，把长江石头烂熟于心的"小石头"由于太过激动，竟然忘记了航程。

三天后，"江峡"轮靠上了武汉港码头，石若仪和船员们怀着依依不舍的心情，望着毛主席远去。

离航前，毛主席与石若仪和全体船员在船边合影留念。

这张照片至今悬挂在石若仪家中客厅的正面墙上，是石头"舵把子"的骄傲，也是中国女海员的骄傲！

毛主席第二次踏上"江峡"轮是时隔五个月后，"江峡"轮从湖北黄石驶往安庆。

这天，"江峡"轮即将抵达安庆，毛主席计划在长江里游泳。突然，下起了暴雨。毛主席依然跃入了波涛滚滚的长江，游了近一个小时后才上船。

石若仪在三楼见到了毛主席。毛主席正坐着观赏诗意朦胧的江面。石若仪还未来得及向毛主席问好，毛主席就站起来和她握手，并把她介绍给身旁的人。

石若仪一时激动得说不出话来，只冒了一句："主席，快请坐。"

1959年6月，"江峡"轮又一次接受了重要任务：毛主席、周总理以及其他中央领导，要从武汉前往九江。

　　讲到这里，石若仪按捺不住内心的激动："事情已经过去了几十年了。作为长江里的一名女船长，我已经退休了。但是，更多的女"舵把子"已经挑起了大梁。如果没有新中国，没有老一辈革命家的关怀，长江里不会有女船长和她们的故事。"

　　石头"舵把子"难忘的航程，让这些女学生深受感动，决心继承老一辈"舵把子"的精神，继续奋战在万里长江上。

狂吻印度洋的"海之子"

"报告船长，船位消失了。"值班驾驶员敲开船长的房门，急促地说："卫星自动定位仪出了故障！"

这是中国远洋海运集团广州公司的一艘大型货轮"黄河"号，此时正航行在波涛滚滚的印度洋。

此刻，正值印度洋西南季风肆虐的季节。"黄河"号将穿越印度洋，前往西非的尼日利亚。

驾驶台里的温度急剧升高，海上空气更加湿润，气压开始降低。人们知道：印度洋要发脾气了！

"黄河"号船长是位饱经风浪的航海家，多次成功穿越气象恶劣的海区，比如号称海员坟墓的比斯开湾、波浪滔天的非洲好望角……这些地方都留下了他的航迹。

但是，这次印度洋的风暴却让他始料不及。"黄河"号在东经78度以东洋面的前四天，一直没有遭遇狂风巨浪。然而，当"黄河"号驶离马六甲海峡转向后不久，天气突然变了脸，呼啸的狂风卷着小山般的巨浪，飞越十几米高的大桅，重重拍击在甲板上，发出震耳欲聋的响声。

霎时，餐厅、厨房的锅碗瓢盆，船员房间的茶杯、水瓶哗啦啦摔成一地碎片。毫无防备的船员在走廊里打着趔趄，重重地撞到舱壁上。船长室沉重的保险柜也被掀倒，躺在光滑的地板上吱吱地来回滑动……

船舱里没有了昔日的热闹和喧哗。

更让船长没想到的是，在浩瀚的大洋里，船上的卫星自动导航仪突然失灵。"黄河"号像只无头鸭子在茫茫的大洋里漂泊游荡……这是船长在以往的航海经历里从未遇到过的情况。

艰险的航程重担落在了年过半百的船长肩上。

听完值班驾驶员的报告，船长登上了驾驶台。

肆虐的狂风卷着深蓝色的波涛，一会儿将"黄河"号抛向云端，一会儿又把"黄河"号砸向浪谷。那场景如同一名魁梧的角斗士把矮小的侏儒高高举起，再重重摔下，令人头晕目眩……"黄河"号高昂着船头，让人分不清是在触摸天空还是在狂吻大洋。

驾驶台不由自主地在狂风巨浪中颤抖着，发出吱吱呀呀刺耳的怪叫声。

船长两腿稳稳地站在驾驶台上，像雕塑般握着雷达显示器的扶手，望着前方翻江倒海的风暴。

此刻，船长想起了1979年10月"玉龙"号遭遇台风在日本触礁沉没的场面。

那时，船长刚刚拿到二副证书，在中国远洋海运集团"玉龙"号上担任实习三副。

1979年10月19日子夜，突如其来的台风宛如魔鬼般洗劫了毫无防范的日本北海道。狂涛恶浪排山倒海地越过高耸的防波堤，直接扑打在停泊在港内外的大小船舶上。霎时，有碰船的、有走锚的、有搁浅的……哭喊声连成一片。

就在此刻，在锚地抛锚待航的"玉龙"号在狂风中突然搁浅。一颗火红的求救信号弹腾空而起，映红了半边天。

不久前，"玉龙"号在日本三个港口加载，备航后启程回国。面对肆虐的台风，年轻的船长选择在附近锚地抛锚，延误了最佳的开航时间。结果，"玉龙"号永远葬身在异国他乡。虽然48名船员均已获救，却造成了20世纪70年代中国远洋史上空前严重的海难，留给船员终生无法抹去的遗憾。

这段经历，让船长认识到：此次印度洋的狂风巨浪虽不能与当时的台风相提并论，但是失去船位的巨轮，要靠船长的勇敢、智慧和能力才能挺过难关。

无法通过卫星自动导航仪获得船位，船长开始使用"天文定位"。

"天文定位"在卫星自动导航仪广泛用于民用远洋前，是远洋船舶获得船位的最重要的手段。

船长熟练地操起观天的"六分仪"，一会儿在驾驶台左侧，一会儿站在驾驶台右边……终于在茫茫的印度洋里找到了"黄河"轮的船位。

大伙深深舒了一口气。

但是，船长并没有放松警惕，一边指挥舵工躲过浪峰、穿过浪谷，一边命令水手长带人系上安全带加固甲板集装箱上的绞锁。

突然，船头不远处涌来一阵巨浪，宛如引爆的排雷，咆哮翻滚着朝"黄河"轮主甲板猛扑过来！船长立刻拿起扬声器，大声朝水手长喊道："注意，水手长！"

语音刚落，山头般的海浪直扑向甲板上的水手长和几名水手。

船长惊出一身冷汗，大声喊着水手长的名字，眼泪不禁流出了眼眶。

谢天谢地，水手长和几名水手被海浪扑倒在甲板上，浑身淋了个透，却依然顽强地站了起来。

经过全船奋力地拼搏，"黄河"轮驶入了莫桑比克海峡，朝好望角驶去。尽管这里仍然风高浪急，但比起印度洋的波涛，可谓"小巫见大巫"。

"黄河"轮勇闯印度洋的经历虽说已经过去了许多年，但"黄河"轮船长镇静、稳重的品质和高超的航海技艺，仍然深深地印在船员的脑海里，永远不会被磨灭。

这位驾驶"黄河"轮的船长是谁？

他是中国远洋海运集团广州公司的优秀船长，绰号"海之子"的王满明。

"海之子"的绰号是一次偶然的机会被传开的。几年前，在全国总工会召开的"海员电视剧"座谈会上，王满明船长拿出一本以他本人为原型撰写的长篇小说《踏浪者》，引起了与会者的注意。

书中主人翁对大海的眷念和热爱以及对航海事业的追求深深感染了与会者。人们称誉王满明是不折不扣的"海之子"。

"海之子"出生在江苏古镇扬州。童年是在"大集体，吃食堂"的年代度过的。母亲是古镇一家幼儿园的园长，父亲开了个"油面手艺"的小面馆。家里有兄弟俩人，哥哥是位复员军人。

"海之子"少年时代是在苦水浸泡中长大的，吃过榆树皮，挖过茅草根，小学毕业后以优异成绩考取了古镇中学。中学毕业后考进了南京海运学校（今江苏海事职业技术学院），开始了准海员的生涯。

1975年11月，"海之子"踏上了中国远洋海运集团所属的"兰亭"号，开始了与大海不离不弃的26年漫长的航海生涯。

"海之子"二十多岁投身远洋事业，历经水手、舵工、驾助等职位，最后成为船长，创造了许多奇迹：创造了一船装载两船货的记录，首航南非，打破了中南两国隔绝半世纪的僵局……

就在"海之子"航海生涯达到顶峰时，一张"死亡请柬"让在沧海沉浮20多年的船长惊呆了：他患上了白血病，死亡开始向他招手。

"海之子"遭遇了生命中的"印度洋",是让这艘生命的航船就此搁浅、沉没,还是摆脱厄运与劫难,再次扬起风帆?

"海之子"没有退却和倒下,他与哥哥骨髓配型成功了。他在日记里写道:1995年9月19日至1998年6月10日,我度过了一段生命旅程中最漫长、最混沌、最痛苦、最难忘的岁月……可以这样说,没有强烈的求生欲望支撑,没有二十多年来大海航行的磨砺做基础,没有相濡以沫的妻子对我细心的呵护,没有人间最崇高、最纯洁的爱,我生命的航船恐怕早已断航!

"海之子"的话和他精彩的航海生涯将永远记在人们心里。

"百宝箱"里的"航海人生"

龙云刚采访完一位老船长回来,还没坐稳,就对同事说:"在我采访过的船长中,这位是最有感情、最有故事的航海家!"

同去采访的孙梅接了句:"没错,他的故事都在随身携带的'百宝箱'里。"

不久前,一家知名的海事媒体,准备编写一本名叫《百名船长的故事》的书,消息传出后,投稿的、推荐的、响应的人纷至沓来。经过筛选,第一册以老一辈航海家为主的故事集即将问世。就在准备封笔定稿之际,人们想起航海界的一位知名人物——原交通部海事局局长林玉乃船长。不是因为工作疏忽而遗漏,而是因为林玉乃船长为人十分低调,很少抛头露面。经过多次协调,记者准备登门拜访。

一天,北京春色正浓。龙飞和孙梅敲开了林船长的家门。

林船长虽然已经退休多年,但仍然清楚地记得几十年前的远洋生活,夜里常常梦到自己手持望远镜站在驾驶台上,望着波涛滚滚的海面,下着一个个口令……

回忆起当年的航海生涯,林船长拿出当年出海随身携带的手提箱:"它跟随我52年,是我终生不弃的'百宝箱'!"

这只破旧的、历经沧桑的手提箱里,装满了各类海员适任证书、健康证、护照、海员证,还有一沓沓家书和电报……里面还有一个特制的小布袋,林船长告诉他们,那是"镇箱之宝"!

还未等龙飞和孙梅弄个明白,林船长随手从"百宝箱"里取出一本三副适任证书,讲起首次远航的故事。

1965年夏天,从大连海运学院(今大连海事大学)毕业的林玉乃被分配到广州远洋公司。实习结束后,1967年,林玉乃登上了公司所属的"兰州"轮担任三副,开始了远洋生涯。

林玉乃随身携带的手提箱里除了必需的证件和必备品外,还有一个特制的小布袋,里面装着林船长的"镇箱之宝"。

"兰州"轮是艘装满援助阿尔巴尼亚物资的货轮,甲板上装满了敞篷吉普车。

这是林玉乃生平第一次远航,但是没有想象中的美好和顺利。

当时由于阿以战争,苏伊士运河封闭,"兰州"轮原本可以从红海直达阿尔巴尼亚,现在不得不绕航。

"兰州"轮只得横跨印度洋,绕道好望角,沿西非沿岸北上。从直布罗陀海峡进入地中海,再驶入亚得里亚海,最后抵达阿尔巴尼亚。

航程遥远加上船速缓慢,"兰州"轮在大海上整整航行了32天。这对刚刚登上远洋货轮的林玉乃来说是个极大的考验!

俗话说,好望角好望不好过。这天正值大风浪来袭,一排排巨浪铺天盖地砸向甲板,吉普车上层的装配全被掀到海里,只剩下孤零零的四只轮子……初登远洋船的林玉乃晕船了,呕吐不止,身体十分虚弱,连拨钟的力气都没有了。此刻,他想起了随身携带的手提箱,里面的件件物品都给了他信心和力量,特别是那个特制小布袋里的"镇箱之宝"……

林玉乃没有退缩和倒下,而是熬过了这惊险又难忘的航程。

讲到这里,林玉乃船长把三副证书放回"百宝箱",顺手拿出一沓家信,继续讲下去。

船到港口，船员除了期盼沾沾地气外，更希望收到远方家人的来信。

由于当时通信不发达，船员与家人联系只能通过书信。家人的书信先寄到船员所在公司，再由公司集中起来，寄到船所抵达的港口。如果船已离开，外国港口代理会把信寄到下个港口，直到船员收到为止。

林玉乃结婚后不久就出海了，远方妻子的来信成了他的期盼。由于通信困难，常常收到的是家人几个月前寄出的信。有一次，他出海十几个月，回到家里意外收到公司转来的家信。这封信随他"跑"遍所有港口，都与他擦肩而过，最后辗转回到家里。林玉乃十分珍惜这些家书，给每封家书都编上了号码，小心珍藏在"百宝箱"里。

讲到这里，林船长从"百宝箱"里取出一本封面已经破旧的船长证书，呷口茶，望着伴随他多年的船长证书，一字一板地说："担任船长期间，正值'文革'时期。当上了船长待遇并没有提高，但是心里没有抱怨，只想如何把船开好，为国家多挣些外汇！"

林玉乃把船长证书慢慢放回"百宝箱"，取出一封保存许久的电报，讲了一段令人动情的往事。

林玉乃担任船长期间，远洋船长十分短缺。林玉乃在家休假期间，常常接到紧急电报，要求他上船替班。每到这时，林玉乃二话不说，拎上"百宝箱"就走。与家人团聚的日子屈指可数，"聚少离多"成了家常便饭。

一次，林玉乃妻子怀孕期间，患上了急性阑尾炎。远在海上的林玉乃毫不知情。妻子独自做了手术，顺利生下了儿子。远在异国他乡的林玉乃收到妻子的电报，才知道家中发生的一切。当时，林玉乃正在"耀华"轮担任船长，便给儿子起了个特别有意义的名字——林耀华，这是对自己在"耀华"轮添子的纪念，更是对妻子愧疚的回报！

最后，林玉乃船长从"百宝箱"里拿出一张"指导船长"任命书，满怀深情地说："1978年，我被调到青岛远洋公司不久，又被调到陆地负责安全工作，担任了指导船长，亲自出海指导新船长，当'保驾船长'。"

接着，林玉乃回忆起当指导船长时一段难忘的往事。

一次，林玉乃作为指导船长随船前往加拿大温哥华。为减少航程，提高效益，林玉乃决定驾驶船舶走高纬度航线。但是，天有不测风云。船航至阿拉斯加南部的阿留申群岛附近时，遭遇了强风暴。

船在剧烈的摇晃颠簸中突然断了电。辅机顿时停止了运转。船上主机烧的是重油，需要随时加热。辅机停转，重油无法加温，主机里的重油就会凝固。主机无法工作，船舶就会立刻瘫痪……

面对惊涛骇浪，全船陷入了极度的恐慌不安中。人们把期盼的目光投向了林玉乃船长。

经过大风大浪的林玉乃船长，深知此刻船长的责任和作用。林玉乃船长没有惊慌，冷静下来后，找来机舱几个老机工和电机员，一起找原因、想办法，但是都没有结果。就在大家万分焦急时，林玉乃突然想起一次远航时相同的断电经历。他立刻让人把所有房间的电闸统统关掉，重新调试辅机，辅机居然重新运转起来。后来查明，一个房间的台灯短路造成"跳闸"，导致全船停电。

终于，船的主机又轰隆轰隆转动起来，船顺利驶出了风暴区，林玉乃船长保住了船和船上的兄弟。

"百宝箱"里的故事深深吸引和打动了龙飞和孙梅。但是，"百宝箱"里的"镇箱之宝"的谜底还未揭开。

林玉乃船长终于拿出那个神秘的小布袋，从里面取出一枚锈迹斑斑的纪念章，上面刻着一行小字：1965年，大连海运学院。纪念章左上角有只展翅飞翔的海鸥。

林玉乃满怀深情地回忆说："毕业典礼时，院长亲自将这枚纪念章戴在每个毕业生的胸前，叮嘱大家，海鸥是勇敢的化身，是海员的朋友和伴侣。希望你们像海鸥一样，永远不离开大海！"

林玉乃毕业后，一直把这枚纪念章放置在随身携带的"百宝箱"里。这枚纪念章跟着他走南闯北整整52年，成了名副其实的"镇箱之宝"。

"百宝箱"里的"航海人生"深深感动了在场的人们：林玉乃，一位令人敬仰的老船长！

弄潮儿向涛头立

他政声载道，量情度势，总能在"关键时刻发挥关键作用"。担任局级干部20多年的他，认为"官大不大不要紧，关键是要做好本职工作"。

他多年从事海事安全工作，始终把人民生命财产放在首位，没有一刻敢掉以轻心，安全工作只有起点没有终点！他乡音未改，忠诚正直。"让航行更安全，让水域更清洁，让航运更便捷！"是他永远的人生追求……

1951年9月，刘功臣出生于山东寿光。他自幼聪颖好学，深受祖爷爷喜爱。祖爷爷饱读经书，名播乡里，"功臣"就是祖爷爷给他起的。

祖爷爷过世前对他说的一番话，让他刻骨铭心："天下本就不缺少聪明人，要知道天外有天的道理。今后你要堂堂正正地做人、认认真真地做事，才能有所作为！"

这句话，让刘功臣记了一辈子。

高中毕业后，刘功臣以优异的成绩考上了大连海运学院（今大连海事大学）航海系。

当时，正值国家远洋运输事业发展的初期。为了不辜负国家和乡亲的期望，1976年刘功臣以优异的成绩拿到了毕业证书，并加入了中国共产党。

刘功臣给自己定下了一个目标：5年内当上船长！

航海生活是艰苦的。当海员首先要过晕船关，初登上海船的刘功臣吐得一塌糊涂，连胃液都吐了出来。但他咬牙坚持，吐了再吃，吃了又吐……终于战胜了晕船关，适应了航海生活。大海的惊涛骇浪开阔了他的眼界，也磨炼了他的意志。

1976年，毕业后的刘功臣被分配到广州远洋公司，开始了与大海、航船为伍的航海生涯。

第一次出海就在船上足足待了18个月。那时，航海设备和技术远没有今天先进，船位需要依靠日月星辰来辨别。当时，作为水手的刘功臣没有放弃这个大好机会，瞭望、测量、计算、操作……积累了许多经验。功夫不负有心人，刘功臣的工作和业绩得到大家的肯定和认可，很快从水手提拔为二副。

18个月未下船的刘功臣只在家休息了两个月，当时正值青岛远洋公司组建，刘功臣被选派到该公司大型散装货船上担任二副，往返澳大利亚和欧洲航线，一干就是15个月。1979年2月，刘功臣被破格提升为大副。1980年10月，他通过了船长考试。1981年1月，刘功臣如愿以偿当上了船长。从水手到船长正好5年，刘功臣实现了自己的目标。

刘功臣说："作为船长，最关键的是要有责任感，要有熟练的业务技能，还要有良好的沟通能力和指挥协调能力，要能在任何情况下调动起全体船员的积极性。"

刘功臣是这样说的，也是这样做的。

1981年4月，刚当上船长不久的刘功臣，驾驶大型散装货轮"灯笼海"号从北美洲前往欧洲，在神秘莫测的百慕大三角，遇上了罕见的17级风暴。八万吨的"灯笼海"轮如同一片孤叶在狂风恶浪中颠簸摇晃。就在此刻，突然发现右前舷船壳与大梁连接处产生裂缝，海水涌进货舱，船体开始倾斜……

一会儿，船体也开始漏水，可谓"雪上加霜"。

刘功臣沉着冷静，果断地调转航向，让船体破损处置于下风侧，朝最近的港口驶去。看着船长镇定自若的神态，大家悬着的心放了下来，齐心协力地将船驶进附近的港口抢修……刘功臣拯救了船，拯救了船员兄弟。

时隔两年，1983年冬天，刘功臣驾驶"峥嵘海"轮从加拿大驶往亚洲，途经北太平洋高纬度海域，遇上了极寒天气，排山倒海的巨浪涌上甲板立刻结上厚厚的冰层。锚机被冰死死封住，甲板被一片白茫茫的冰层覆盖。船体吃水线在逐渐下沉……船上人心惶惶。刘功臣估算了一下航程和时间：用不了多长时间，船将驶出寒冷海域，船上的冰就会融化了……

刘功臣坚持在驾驶台值班，亲自操舵，终于使"峥嵘海"轮驶出危险海域，进入了温暖海域。船上的冻冰随之消失。

6年多的船长生涯中，刘功臣完成了数十次航行，停靠过上百个国际港口，足迹遍布五大洲四大洋，总航程绕地球好几圈。

由于他出色的工作能力和公司发展需要，刘功臣被调到公司经理办公室任主任。不久后，就在他有望被提拔为当时国内最大的散装船公司——青岛远洋公司的副总经理时，一张调令使他走上了新组建的青岛海上安全监督局副监督长的岗位。

刘功臣实现了从"弄潮儿"到"涛头立"的闪亮转身，开始了依法治"海"、依章管"海"的新航程。

1997年初，刘功臣又被调任交通部安全监督局局长，成为交通系统最年轻的局长。

"新航程"同样充满了"惊涛骇浪"。

1993年12月10日，"华海1号"油轮在青岛港因静电发生爆炸，火势凶猛。援救船只和人员无法靠近，情况十分危急。此刻不知船上载了多少油，起火点在何处？万一发生连环爆炸，后果不堪设想。身为青岛海监局的领导，刘功臣不顾个人安危，飞速赶到现场，找来一艘拖船，冒着熊熊烈火把船开到离事故最近的海域……最终找到了事故症结所在，迅速扑灭了这场罕见的大火。

1997年6月4日，"大庆"号油轮在南京海域同样因静电起火。事后，交通部安全监督局局长刘功臣，对这场严重事故进行了认真、全面的分析：这批"大庆"号系列油轮，均是在"文革"期间突击建造的，质量不高，但又都是当时运油的"主力军"，不能因静电而被抛弃。于是，刘功臣立刻找来专家商讨。在专家建议下，成功加装了可以阻止因静电发生燃烧的惰性气体系统，从此杜绝了此类事故的发生。

1998年，中华人民共和国海事局成立，刘功臣当时作为主持工作的常务副局长，日夜操劳在岗位上，为维护国家的形象、确保航海和海员安全做出了杰出的贡献！

"弄潮儿向涛头立，手把红旗旗不湿。"从事海事水运事业30载、遍览世界风云的刘功臣壮心不已。

背磨盘上船的人

"画像很传神，特别是一双炯炯有神的眼睛，不过……"

这是一幅名叫"背磨盘上船的人"的肖像画。

人们对这幅人物画像啧啧称赞的同时，对主人翁的面庞表示疑问：似乎胖了些？

这是业余画家海员洪斌笔下的人物画之一。洪斌从小喜欢绘画，特别喜欢人物画。

一次在国外航海博物馆，一幅"独眼"海盗的画像吸引了他。据说这是一幅一百多年前的画像，几经多位画家之手。最初一位画家按照海盗的真实面貌画了下来，引起了海盗的不满。另一位画家吸取了前者的教训，把海盗的独眼隐去，变成了一双炯炯有神的大眼睛。但这不符合海盗的真实面貌，也遭到了海盗的拒绝。最后一位画家总结了前面几幅画像的症结，将一只单筒望远镜放在独眼前，既真实又贴切，受到了海盗的认可和嘉奖。

从此，洪斌在绘画上有了感悟：画人物像必须了解人物的事迹和性格特点，不能凭空捏造。洪斌所画的这幅人物画像的主人，是在第四届中国航海日活动中荣获"终身航海贡献奖"的中国远洋海运集团"华铜海"轮船长叶龙文。

"华铜海"轮是中国远洋海运集团的骄傲，是"中国出租船"的一面旗帜。

这个荣誉来之不易。

一次，"华铜海"轮在美国康福特港卸下矿砂后，租家要求前往新奥尔良港装粮食。两港之间的航程只有20多小时，彻底清洗6个大货舱几乎不可能。然而，租方按时赶到装货港时，惊异地发现，6个大货舱被清洗得干干净净，连声称"奇迹"。在"奇迹"的背后是叶龙文船长亲自率领船员奋斗十几个小时的结果。

"华铜海"轮经常前往美国新奥尔良港，在逆行密西西比河时，为给租方节省油费，船上特意改烧重油，为租方节省了大量费用。

租方感慨地说："有叶船长在，我们一百个放心！"

叶龙文船长究竟是如何竖起这面让人们"眼红"的旗帜的？这是洪斌最想知道的。

画中国著名船长的肖像，是洪斌向往已久的愿望。经过几年的努力探索，洪斌已经画好了很多船长的肖像，比如：中华人民共和国首艘起义货船"海辽"号船长方枕流，"永不离开大海"的船长贝汉廷，第一位海员烈士船长张丕烈，中国首艘远洋船"光华"轮船长陈宏泽，长江第一位女总船长王嘉玲……个个栩栩如生，受到广大海员的称赞和喜爱。

为了画好叶龙文船长的肖像，洪斌查阅了许多资料，走访了与叶船长共同生活和工作的船员，收获很多，也受到很大的鼓舞。

资料介绍说，叶龙文船长担任船长期间，先后在"光华"轮、"建华"轮、"华铜海"轮等十几艘船上工作过。航迹遍布五洲四海，航程35万多海里，相当于绕地球16圈。其中，叶龙文船长在"华铜海"轮上竟工作了17年之久。

17年来，叶龙文船长使一艘默默无闻的"华铜海"轮成了航海界的一面旗帜，靠的是什么呢？

人们在热播的电视剧《亮剑》里找到了答案，电视剧主角李云龙在军事学院的答辩会上，斩钉截铁地说：任何一支部队都有自己的传统，传统是什么？传统是一种性格，一种气质。这种气质和性格往往是由这支部队组建时，首任军事首长的性格和气质决定的，他给这支部队注入了灵魂。从此不管岁月流逝，人员更迭，这支部队灵魂永在。

给"华铜海"轮注入灵魂的人就是叶龙文船长。

叶龙文船长在"华铜海"轮长达17年的漫漫航程中，营运率高达98%，为国家挣回了2988万美金，节约修船费850万港币，节约修船时间135天……"只要对国家、对公司有利，能省钱，咱们就干到底！"

这是叶龙文船长的"性格"和"气质"。

一次，"华铜海"轮从日本装水泥去香港。卸货时散落的水泥将污水孔堵塞了，叶龙文船长不顾天寒地冻、污水的脏臭，多次下污水孔清理。当地港口检查官来现场查看时，惊异地发现，满头汗水、满身油污的，与其他船员一起干活的竟是大名鼎鼎的"华铜海"轮船长。他连连摇头："不可思议！"

一年公休归来，怕船员在船上吃不上新鲜饭菜，他亲自下厨做豆腐。他还特意从家里背来一台磨盘。叶龙文船长背磨盘上船的那天，在舷梯口值班的是位新来的水手，发现一个背着磨盘的陌生人要登船，正要上前阻拦，被值班驾驶员发现了，赶快笑着说："这是我们'华铜海'轮的老船长！"值班水手不好意思地说："真没想到，真没想到！"

看到这里，洪斌来了灵感：这是多么感人的画面，一位高大魁梧的中年汉子，肩背一块圆圆的石磨，迈着矫健的步伐踏上舷梯。

这正是闻名而平凡的叶龙文船长的真实写照！

很快，这幅名为"背磨盘上船的人"的肖像画顺利完成。

但是，这幅肖像画在得到人们普遍赞誉和肯定的同时，也遭到了人们的质疑：年逾花甲的叶龙文船长因常年患有胃病，身体瘦小单薄，与画中的高大魁梧差距较大。

原来，洪斌从未亲眼见过叶龙文船长，连照片也没见过。

终于，在2008年7月第四届中国航海日大会上，洪斌如愿以偿见到了叶龙文船长。

当叶龙文船长上台接受"航海终身贡献奖"时，洪斌果然发现这位大名鼎鼎、爱船员如子的航海家与他想象中的形象有天壤之别，他真的惊呆了！眼前的人瘦弱矮小，他真的是背磨盘上船的人吗？

原来，常年的海上奔波使叶龙文船长患上了严重的胃溃疡，胃经常出血。后来，胃被切除了三分之二。但是，他仍然坚持不离开大海，不离开他的"华铜海"轮，不离开风雨同舟的船员。

归来后，洪斌的心情一直无法平静，这位使他敬仰的航海家虽然没有想象中高大魁梧的身材，但他的个人魅力折服了所有人！

关于这幅《背磨盘上船的人》的肖像，他决定保持原来的构思和形象。"艺术高于生活嘛！"叶龙文船长在人们的心目中永远高大魁梧！

洪斌的决定得到了大家的一致赞同。

这幅《背磨盘上船的人》与它背后的故事感动了许多热爱航海的人！

敲不开的舱门

"找到了！"一天夜里，秦海暄突然从睡梦中惊醒："终于找到答案了。"

秦海暄的妻子不禁被惊醒："深更半夜的，大惊小怪，找到啥了？"

秦海暄笑着对妻子悄声耳语几句，径直走到书桌前，慢条斯理地写下了几个字："敲不开的舱门。"

秦海暄是某省级航海学会的一名宣传干部。多年来，他笔耕不辍，写下了许多脍炙人口的航海人的故事：著名船长贝汉廷的"大洋里的最后一吻"，在日本拾到巨额黄金的任文良船长的"黄金船长的来历"，首位长江女总船长王嘉玲的"女娃儿船长传奇"，新中国第一位起义船长方枕流的"珍稀纸币的背后"，开辟北极新航线的张玉田船长的"当代的冰山里的勇士"，等等。

秦海暄是位编写故事的高手。经他撰写的航海人的故事，在真实的基础上，抓住了人物和事件引人注目的细节，采用多种文学手法，既生动又感人。这让秦海暄在航海界小有名气。

有一次在撰写著名船长贝汉廷的故事时，一张贝汉廷因病离开船时的照片吸引了秦海暄的目光：贝汉廷在登上急救直升机前，紧紧抓住身边的桅索，将嘴唇附在上面不肯离去。为此，秦海暄写下了《大洋里的最后一吻》，生动感人地体现了贝汉廷生前"永不离开大海"的誓言。

在采访中国远洋海运集团"清河"轮时，船上人们讲述的火柴盒和一把手电筒的故事，引起了秦海暄的兴趣。他根据采访写的故事体现了"清河"轮船长鲍浩贤认真工作、技术精湛的品质，得到了大家的好评。

不久前，在一次航运系统"廉洁从业，奉献远洋"的座谈会上，中国远洋海运集团"廉洁从业标兵"肖家驰船长的事迹打动了秦海暄。

秦海暄当年曾是远洋船上的一名水手。

远洋船员是接触外部世界最多的"幸运儿"。外部的新鲜事物和丰富的商品，给船员注入了新的活力，同时也给船员带来新的考验：国内外倒卖和走私不正之风吹进了船舱。

秦海暄记得在改革开放初期，他在大连至日本的班轮上做水手时，一些小商小贩频频上船，敲开船员的舱门，鼓动船员倒卖日本的摩托车和自行车。一次船刚靠上码头，一个小贩怀揣着一叠厚厚的钞票，敲开了他的舱门，想请他顺便从日本带回一批旧摩托车和电冰箱，并承诺回报丰厚。秦海暄当面回绝了对方。但是，也有些船员经不住诱惑，加入了倒卖日本旧货的行列，造成了不好的影响。为此，他为防止倒卖分子进入舱门，特意在门上写下：未经允许，请勿入内。然而，倒卖分子还是利用各种借口敲开了舱门。

航海界出现了一阵不大不小倒卖外国货的不正之风。

秦海暄对这段经历记忆犹新。所以参加完表彰会后，他准备写一篇介绍肖家驰船长廉洁从业的故事。

功夫不负有心人，秦海暄得到了许多有关肖船长的资料。他发现肖船长在制止走私、倒卖外国货方面的做法特别令人佩服。

1998年3月，"永定"轮正在跑营口—日本—青岛航线。一次，船靠青岛不久，一个小贩拎着一皮包现金，敲开了肖船长的舱门："船长先生，我想请你顺便带一批旧摩托车，每辆给你1000元劳务费。"

肖船长还未等对方把话说完，"叭"一声拍响了桌子，严词拒绝："这是集体走私，国法不容！船舶绝对不能参与。"说完"啪"一声关上了舱门。

小贩不死心，又找来几个船员说情。肖船长义正词严地回答说："船舶走私不仅破坏了船舶的正常生活秩序，影响了生产安全，还违反了国家的法律。这种违法的事情决不容许在船上发生！"

小贩只得灰溜溜走出舱门。

这件事在肖船长脑海里产生了强烈的震撼：如何加强船上领导班子党风廉政建设，教育船员遵纪守法，作为一船之长深感责任重大！

因此，肖船长与政委等领导，根据船员容易出问题的环节，制定了三不准原则：不准损害国家赚国耻钱，不准损害公司利益赚昧心钱、不准侵占船员便宜赚黑心钱！

肖船长提出的"三不准"原则掷地有声，"永定"轮船员在心灵上受到了强烈的震撼！

"欲影正者端其表，欲下廉者先之身。打铁必须自身硬！"

1999年元月，肖家驰在"沱河"轮做船长。这是艘来往于黄埔—厦门—日本的定期班轮。

那时，日本产的峰牌香烟和XO酒在中国十分畅销，利润可观。

一天，几名小贩冒充码头工人来到肖船长的房间，笑眯眯地说："船长，只要你愿意为我们在日本购买烟酒，赚的钱咱们对半分！"

平时和和气气的肖船长勃然大怒，"啪"一声拍案而起，严正地痛斥道：

"休想在'沱河'轮上做违法的事情！"

肖船长的舱门前再没有出现小商小贩的身影。

春节时，人们在肖船长的舱门上贴了副对联：

上联：树船风一丝不苟。下联：立"三规"上下共同。

横批：风清气正。

这副醒目的对联充分反映了"沱河"轮船员的心声，在航海界广为流传！

"风清气正"是肖船长的真实写照。

肖船长1976年毕业于厦门集美航海学校（今集美大学航海学院）。毕业后，从水手做起，在海上工作了一万多个小时。这是多么漫长的时光！他的足迹遍及世界各地，他的高贵品格长久留在他工作和生活的航船上。

肖家驰船长的事迹深深打动了秦海暄，用什么标题才能既生动又贴切地表达主题呢？这个问题一直困扰着秦海暄。

秦海暄躺在床上苦思冥想、辗转难眠，忽然灵光一现，"敲不开的舱门"不是最好的标题吗？

由此，就出现了文章开始那个睡梦中惊醒的场面。

《敲不开的舱门》得到了人们的好评和点赞。

"海魂"的手

　　文章《"海魂"的手》在网上爆红，点击率瞬间成千上万，粉丝频频竖起大拇指："好样的！""祖国，我爱你！"

　　年过半百的《海事新闻》杂志记者谭海坐不住了！他准备采访文章里的主人翁："这是只什么样的手？"

　　"海魂"是人们对航船掌舵人——船长的尊称。

　　谭海出生于航海世家，父亲是位资深的船长。家里有很多介绍航海人物和知识的文学作品，这些作品深深打动和感染了谭海，他希望有朝一日，自己也能成为一名远洋船长，驾驶着悬挂五星红旗的巨轮航遍世界。但遗憾的是，一次意外的眼疾使他的视力出现了问题。当船长的想法成了奢望。为了延续自己对航海的热爱，师范学院毕业后，谭海做了一名海事杂志的记者。

　　为丰富自己对航海知识和祖国航海事业的了解，谭海读了许多介绍航海名人和事件的作品。

　　"海魂"的手，引起了谭海无限的感慨和回忆。

　　600多年前，"三保太监"郑和七下西洋，来到印度的卡利卡特港。此时，当地正在进行一场特殊的"摸手贸易"活动，而且国王亲自参与。贸易双方选定货物后，不用议价和报价，而是把手伸进对方的袖子里，卖方用手指标价，买方用手指还价，直到双方认可为止。最后，国王在双方手上各击一掌，确定买卖成功。当时，郑和的手被明皇誉为"海上金银第一手"！也是中国航海史上第一个"海魂"手！

1948年的金秋，"海辽"号货轮接到台北招商局的指令，前往汕头运兵驰援舟山的国民党的残兵败将。"海辽"号在船长方枕流的率领下调转船头，悄然驶向解放区，历经几天几夜，终于驶进了北方解放区的大连港，方枕流船长亲手把五星红旗升上桅顶。这是新中国第一位"海魂"的手。

随着新中国航海事业的发展，人们记忆中的"海魂"手越来越多："永远不离开大海"的"海魂"贝汉廷，在生命的最后一刻，双手紧握住桅绳不肯离开航船；中国第一位"限量版"的航母船长陈忠，紧握手中的望远镜，日夜坚守在驾驶台，指挥无动力航母驶过"死亡之海"；为开辟中国的南北海上航线，不顾台湾当局和美国的威胁恐吓，驾船驶过台湾海峡，亲手拉响了汽笛的船长叶广威，他成功恢复了南北航线；为使万吨巨轮驶进万里长江，号称"老班长"的徐文若船长，在"前无古人后无来者"的情况下，几进几出波涛滚滚、暗礁密布的长江，用手测量水深，使万吨巨轮驶进了"禁区"……

这一切都让人们永远记住了这些普通却不平凡的"海魂"手！

在祖国发展的各个时期，都有"海魂"的手，给我们留下了深刻的印象！

那么，在世界防疫的危急时刻，"海魂"手又给我们带来了哪些惊喜和感叹？

今天，这个"海魂"手的主角叫李锋。

李锋出生在江苏如皋一个贫苦的农民家庭。李锋家所在的村叫"如海村"，村边有条"如海河"，人们向往大海就起了个"像海不是海"的村名和河名。

从小跟随父辈捕鱼摸虾的李锋，双手沾满了鱼虾味。望着进出长江的巨轮，李锋希望有一天自己能站上海船的驾驶台，用沾满鱼虾味的双手紧握着望远镜，航行在世界各地……

随着国家农村扶贫政策的逐步落实，如海村走上了富裕小康之路。李锋也如愿考上了江苏航运职业技术学院。

经过几年的苦读磨炼，李锋毕业后走向了大海，开始追逐"海魂"的梦想。功夫不负有心人，十几年后，李锋以"海魂"身份走上了远洋海轮的驾驶台。

如海村走出的李锋的航迹遍布世界。太平洋、大西洋、印度洋……巴拿马运河、苏伊士运河、基尔运河等运河，都留下了他的航迹。

2020年新冠疫情期间，李锋带领全体船员，满载货物和药品乘风破浪，将一批批物资和药品运往世界各地，把真情和友谊带到天涯海角……人们纷纷竖起了大拇指："伟大的中国！了不起！"

一次，船来到一个外国港口，此时正值疫情防控期间，船刚放下舷梯，船东代表还没等舷梯放稳，就三步并作两步奔上甲板，紧握站在船梯口等候的李锋的手："谢谢你们的到来！辛苦了！中国了不起！"

此刻，李锋深深感受到他这只"海魂"手的分量和价值。

按照疫情防控期间的要求，船每到一个港口，对方是不能随意握船员手的。

"对中国船员可以破例！"船东眼里饱含着泪水，"有中国这样的朋友，我们感到骄傲！"

船东说："中国防疫措施得当，中国船员是安全和可靠的！"望着对方渴望的眼神，听着对方坦诚的话语，李锋深深感到自己这只"海魂"手的分量和责任！

有人用相机留下了这难忘的时刻，并发在海事网上，人们纷纷点赞和转发！

远航归来后，李锋久久不能平静：一个贫困家庭出身、双手沾满鱼虾味的农村孩子，走上了远洋航船的驾驶台，用"海魂"的手破浪远航，把真情和友谊带到了世界各地！

"多么值得骄傲和自豪！"李锋眼里含着泪水，"是伟大的中国共产党给了我今天的一切！"

《"海魂"的手》有如此大的能量和魅力，是李锋万万没有想到的。"我们有今天的幸福和自豪，全是因为我们背后有强大的祖国和伟大的中国共产党。"

这是李锋最后的感悟和总结！

今天，这位"海魂"已经成为一名优秀的教师，他要在教授学生航海技能的同时，把"海魂"手故事背后的感悟一代代传下去！

"黄金"船长

一年秋天，夜幕刚刚降临。中国远洋货轮"友谊"号靠上了歇工的日本八幡港码头。

船长谷峥忽然发现距船舷不远处有只长方形纸箱，大小与一台便携式收音机相仿。

莫非是谁遗失的物件？或者是工具箱……日本码头管理从来是井井有条、一丝不苟的。

这时，人们发现距"友谊"号几十米处有辆轿车，车里坐着一位吸烟斗的老人，在歇工码头十分显眼。

谷船长将老人请过来。老人围绕纸箱转了一圈："很抱歉，不是我的。"

此刻，耐不住性子的水手长对准纸箱用脚一拨，纸箱纹丝不动，显然十分沉重。

一直在沉思的谷船长不慌不忙地俯下身子，轻手轻脚地打开了纸箱，在场的人都大吃一惊！

他们马上报了警。

原来，神秘纸箱里装满了黄澄澄的金块，总共20块，每块足有1公斤重。

码头上发现黄金的消息像长了翅膀一样迅速传开了。

行动迅速的媒体记者把谷船长围了个水泄不通。

"黄金"船长的绰号顿时传遍港口内外。

纸箱最终被搬上了警车。为首的警官朝谷船长敬了个礼:"船长先生,听说这批黄金是日本人首先发现的。"警官把"首先"二字说得格外缓慢和清晰。

"明明是中国海员发现的,怎么半路杀出个日本人?"谷船长陷入了沉思。

事出突然,绝非偶然。

日本法律规定,拾物若3年内无人认领,将全部归首先发现者所有。如果有人认领,拾者也会得到不菲的酬谢金。

谷船长将印有中国国徽的海员证递给警官:"我是'友谊'号的船长,这批黄金是我和水手长首先发现的。"

接着,他详细叙述了发现黄金的经过。

警官点点头:"请船长先生和水手长到本厅陈述。"谷船长和水手长坐上了汽车。

空旷的码头突然"飞来"一箱黄金,一箱价值不菲的黄金。

之前轰动日本的"垃圾巨款"案令谷船长记忆犹新。

几年前,谷船长驾船来到日本。日本大小报纸都在显著位置登载了一个日本人的照片。这位日本人在垃圾箱内拾到了20亿日元的巨款,一夜之间成为全国闻名的新闻人物。从此,匿名信和恐吓电话接踵而来,这个日本人终日生活在惶惶不安中,至今巨款无人认领。

难道今天的"码头黄金"案将成为第二个"垃圾巨款"案吗!?

谷船长靠在车窗旁,像在海上遇到了浓雾一样默默寻找船迹。为什么有人冒充"第一发现者"?冒充者又是谁?

坐在船长旁边的水手长有些疲惫:"那个冒充者到底是谁?"

"会不会是电话亭里的那两个日本人?"谷船长仿佛在浓雾中找到了船向:"我在向警方报告前,只有这两个人知道纸箱内有黄金。"

汽车在警视厅楼前停下。接着，又一辆车停下来。汽车里走出一高一矮两个日本人。

谷船长一眼认出，这两人正是在电话亭内见到的两个日本人。

警视厅负责人把谷船长和水手长迎进大厅，并详细介绍了日本的法律。

两个日本人被带到隔壁一间屋里。

在两间备有录音和电视设备的房间里，谷船长和水手长分别讲述了发现黄金的经过、时间、地点、周围环境……几乎出自一人之口。

在另外两个房间里，两个日本人的陈述驴唇不对马嘴，漏洞百出。

原来，谷船长在电话亭里向警方报警时，发现身上没带钱。两个日本人得知后，帮忙付了款，并接通了警方的电话，谎报了"军情"。

事实终于大白于天下。

"友谊"号开船前，警视厅负责人亲自驾车来到船上，郑重地将一张"拾物领取单"交给谷船长。

谷船长接过"拾物领取单"，一字一板地说：

"经过讨论，无论这批黄金归属如何，我都将代表中国海员把应得的报酬无偿捐给贵国的慈善机构。"

"友谊"号离开日本时，码头挤满了欢送的人群，人们挥舞着中日两国国旗，高喊："中日人民友谊长青！"

"小诸葛"的"船帽"经

诸葛绪德是顾斌最佩服的"海友"，俩人"同舟共济"多年。诸葛绪德的航海知识让顾斌佩服得"五体投地"。

一次，顾斌和诸葛绪德驾驶"秦川"号，从塞得港满载货物驶过苏伊士运河。忽然船上接到希腊货船"艾琳娜斯霍普"号发来的求救信号。

"汉川"号刚进入狂风呼啸的地中海，海上波浪滔天，雾气茫茫。"汉川"号抵达难船遇险海域却不见难船踪影。

忽然，一幅色彩斑斓的图案在海面上不断闪现。船长急忙找来诸葛绪德。诸葛绪德举起望远镜，自信地说："没错，那就是希腊籍的'艾琳娜斯霍普'号。"

难船被解救后，顾斌暗暗佩服诸葛绪德的"眼力"。诸葛绪德不紧不慢地取出一沓船舶图案：一幅幅形态各异的图案可谓五花八门、色彩缤纷，让人眼花缭乱。

"船的烟囱俗称'船帽'，是船的名片。"诸葛绪德说，"根据烟囱的图案和标记，可以识别轮船的国籍、公司，甚至种类和性质。"从此，"小诸葛"和他的"船帽"经，在船上传开了。

"小诸葛"的"船帽"经引起了顾斌的极大兴趣。终于有一天，顾斌找到一个向"小诸葛"讨教的机会。

"汉川"号在日本横滨港装货，利用空闲时间进行保养。顾斌和

"小诸葛"一起给轮船的烟囱补漆。

"小诸葛"看出顾斌的心思，讲起了轮船烟囱的历史。

轮船的烟囱被人们称为"船帽"始于蒸汽机时代。烟囱表示轮船有个产生动力的锅炉，根据烟囱的大小和多寡可以判断轮船的速度和安全状况。烟囱一时被看作轮船的"护航神"。

随着内燃机代替了蒸汽机，烟囱的作用不如从前了。之后出现了无烟囱的轮船，看惯了"船帽"的人们总觉得没有"船帽"不太吉利。

一位欧洲的船东根据人们的这种心态，不仅重新给轮船戴上了"船帽"，还在上面绘制吉祥的图案，以便招徕乘客。这一招使"船帽"摇身一变成了海上的"宠儿"，众多船东纷纷效仿，每个船东都能绘制几种甚至十几种烟囱图案。

十九世纪初，烟囱图案逐渐被规范，开始变成公司的徽记，成了轮船公司的"名片"。

"船帽"上的徽记对航海起了不可忽视的作用。"小诸葛"边给烟囱补漆边说："船进出港时，'船帽'的徽记是最容易识别的标志。一旦发生海难，营救人员可以根据'船帽'找到失事船舶和船东。"

此时，顾斌忽然想起不久前营救难船时产生的疑问："图案这么多，能记住吗？"

"除了死记硬背外，'船帽'也有一定的规律，""小诸葛"说，"船用内燃机取代蒸汽机后，'船帽'没有了黑烟的熏染，'船帽'上的图案种类丰富、鲜艳多彩，闪光的皇冠、虎踞的雄狮、飞翔的雄鹰、吉祥的橄榄枝等图案纷纷亮相。比如，美国总统轮船有限公司的'船帽'上是只飞翔的雄鹰。"

说起中国远洋海运集团的"船帽"时，"小诸葛"显得有些激动："中华人民共和国成立前，远洋轮船寥寥无几，在国外很少看到有中国'船帽'的轮船。中华人民共和国成立后，中国远洋海运集团浅黄和大红的'船帽'上，画有一个红色五角星和三条黄色水纹线。五角星代表中国国籍，三条水纹线代表中国远洋海运集团和经营世界三大洋运输业务。今天，世界各地都能看到它的踪影。"

顾斌在获得"船帽"的"真经"的同时，特意把"小诸葛"的"船帽"图案册复制下来，利用业余的时间"死记硬背"，也成了"船帽"专家。

在一次航海学会组织的"海员技能大赛"中，顾斌获得了优秀奖。

航海与"魔岛"梦

跟海打了一辈子交道的老船长终于爬不起来了。

他把三个儿子唤到病榻前，拿出三个封好的盒子，说："遗嘱就在盒子里。"然后他把三个盒子分别交给三个儿子。

老船长悄然走了。三个儿子分别打开盒子。

大儿子盒子里是把保险柜的钥匙。保险柜里有老船长的终身积蓄。

二儿子的盒子里是用海员纽扣串的"项链"，三个儿子是听着这个"项链"的故事长大的。

三儿子的盒子最重，里面是架老式照相机，是老船长随身携带的物品。

大儿子成了家里的顶梁柱，拿着手中的保险柜钥匙，慢条斯理地说："我已经长大成人了，可以挣钱养活自己。保险柜里的钱就留给你们俩吧！"

二儿子望着手中的"项链"，像在宣誓："我一定不会忘记项链的故事，永远老实做人、踏实做事！"

只有未成年的小儿子望着那架老式照相机发呆："爸爸希望我当一名摄影师？"

一晃几年过去了。

大儿子已经成家立业，是家服装厂的主管。二儿子是家造船厂的熟练工人。刚满十八岁的三儿子整天把玩那架照相机，无所事事。

这天，三儿子拿着那架照相机来到开照相馆的舅舅的店里。

老船长和舅舅家祖上是世交，来往十分密切。照相馆存放着老船长许多的海上照片，舅舅对那架老式照相机非常熟悉。望着那架照相机，舅舅语重心长地对三儿子说："你的担子重啊！"

说着，他揭开了老船长留给三儿子照相机的秘密："孩子，过去你还未成年，所以你爸爸的遗嘱一直未告诉你。现在你大了，可以告诉你了！"

听完舅舅的讲述，三儿子终于明白了父亲遗嘱的真相。他决心立志实现父亲的遗愿，圆了父亲的梦想！

几年后，三儿子从航海学校毕业，成了一名远洋货船的水手。恰巧，远洋货船的船长是他父亲的老搭档，对他十分关照。

远洋货船船长望着老船长那架熟悉的照相机，想起了老船长的梦想，特意把老船长三儿子调到驾驶台，专门负责海上瞭望。

一天清晨，值完班的三儿子刚爬上床休息，就被船长叫到驾驶台。

原来，船艏前方突然出现一座无名小岛。船长查遍了海图也未找到这座小岛的位置。船长开启雷达，荧光屏上闪烁着亮晶晶的辉点。

"魔岛！"船长不禁喊叫起来。

船降低了船速，渐渐逼近小岛。

这是座重峦叠嶂的小岛，光秃秃的，没有任何植被，在晨雾中显得阴森可怕。

"咔嚓咔嚓……"三儿子没有犹豫，举起那架老式照相机连拍了几张照片。

十几天后，船从欧洲返航又经过这里，船员不约而同地奔上驾驶台，想把这座神秘的小岛看个究竟。

海上除茫茫的海水外，没有任何海岛的踪影。开启船上的测深仪发现，这里的水深竟达3000多米。

船员个个目瞪口呆："太神奇了！"

"魔岛！千真万确的魔岛！"船长拥抱着老船长的三儿子，连声喊道："你爸爸的魔岛梦终于实现啦！"

远航归来后，三儿子让舅舅把那张海上拍摄的"魔岛"照片冲洗放大，放置在爸爸的遗像前："爸爸，安息吧。您的魔岛梦终于实现了！"

原来，十五年前，老船长在同一海域发现了"魔岛"。当时由于天气、海况以及过于紧张，老船长未能用照相机捕捉到这神奇的一刻。由于没有照片为证，"魔岛"的传说引起人们的普遍猜疑和否定："这是人们的幻觉，大洋里不会有这种神奇的小岛。"

这成了一贯诚实守信的老船长的终生遗憾。他想在有生之年重见"魔岛"。但是，一直到临终之前都未能实现这个愿望。

老船长把实现这个遗愿的任务交给了三儿子。

不久，一本著名的科学杂志上，地质学家揭开了海上"魔岛"的谜底：忽隐忽现的海上"魔岛"，是由于海底地震引起地壳变动产生的。

老船长的三儿子就是龚帆船长。为实现父亲的遗嘱，他放弃了其他梦想，走向了大海，实现了父亲的"魔岛"梦！

"跑王""虎杖"和"东方"号

宗船医失踪了，找遍全船也不见他的踪影！水手长推开船长的门："大厅里坐满了找他的人。"

船长拍着水手长的肩膀，笑着说："被人拽去观看'跑步节'啦！让大家再等会儿。"

"东方"号是来往中国与非洲的集装箱定期班轮，被非洲人誉为"中非友谊的桥梁"。

一次，"东方"号靠泊在埃塞俄比亚的亚的斯亚贝巴港，那天恰巧是当地的"跑步节"。

埃塞俄比亚是产生世界长跑冠军最多的国家之一。

离亚的斯亚贝巴不远有个叫贝科吉的小镇，人口不足两万人，却是世界长跑纪录保持者最多的地方。马拉松、世锦赛、奥运会的长跑奖牌，让这个不起眼的小镇名声大噪，吸引了众多人的眼球，不少体育明星慕名而来："这里到底有什么奥妙？！"

这个贫瘠的小镇有个得天独厚的优势——海拔。目前，世界长跑纪录的保持者几乎都出生于海拔2000米以上的地区。

贝科吉小镇海拔接近3000米，是培育长跑飞人的"宝地"。

贝科吉小镇几乎没有汽车，人们放牧耕作，而运输全靠两条腿，奔跑是贝科吉人生活中不可缺少的部分。经过几百年的风风雨雨，贝科吉人四肢细长，血液中红细胞极多。高海拔的整日奔跑，使人们能更充分地使用氧气。贝科吉人的骨骼、肌肉和韧带组合十分合理，是天生的长跑"胚子"。这些特殊条件使贝科吉人成为地球上最适合奔跑的人。

贝科吉小镇因为涌现了多名世界长跑冠军，吸引了来自世界各地的游客。各式各样围绕奔跑的活动层出不穷，"跑步节"就是其中最引人注目的项目之一。

"跑步节"这天，整个小镇几乎万人空巷，人都涌入绕镇的大道上：穿鞋的、赤脚的，本地的、外来的……整个小镇沉浸在长跑的热浪里，人们忘记了劳作，忘记了吃饭……连正在码头装卸船的工人也加入了长跑的行列。

"东方"号是"海上丝绸之路"来往非洲最多的班轮，曾多次参加与跑步有关的活动。但是，这次情况有所不同。

几年前，随着"海上丝绸之路"的发展，中国专门为非洲一些国家培养了一批海员。这批海员在中国经过几年的学习后，被派到船上实习。

出生在贝科吉小镇的贝加勒就是其中之一。他有幸被分配在"东方"号上做实习水手。

当人们得知贝加勒来自世界著名的长跑小镇贝科吉，叔叔是位"跑王"，曾多次获得马拉松大赛的冠军时，"东方"号上的人们赞叹不已。

然而，贝加勒一席话却让人们唏嘘不已。原来，不久前，贝加勒叔叔的膝盖患了"骨痛症"，已经离开了赛场。

说者无意，听者有心。这话传到了"东方"号船医宗福兴的耳朵里："能否用'虎杖'试试？"

宗福兴出生于四川阆中的一个中医世家，了解各类中草药，他知道一种叫"虎杖"的中草药治疗风湿骨痛的效果特别好，被人们誉为

"神药"。

宗船医将"虎杖"分装好，并将用药方法详细交代给贝加勒，说："试几个疗程看看。"

奇迹出现了，经过几个月的用药，贝加勒叔叔膝盖处的疼痛完全消失了，还重新回到了他热爱的长跑赛场。

"跑王"重上赛场的消息，很快在这个著名小镇传开了："神药！太神奇了！"

此后，宗福兴名声大噪，每次"东方"号来到这里，总有许多当地的居民前来求医问诊。

随着"一带一路"的发展，在"东方"号这座"中非友谊之桥"的牵引下，源远流长的中医渐渐在非洲开花结果。

这次"东方"号来到亚的斯亚贝巴港，又赶上一年一度的"跑步节"。贝加勒特地邀请宗福兴来到现场，因为这是他叔叔病愈后首次参加的正式跑步活动。

"跑王""虎杖"和"东方"号的故事，在"海上丝绸之路"传开了。

船医宗福兴没有停止研发中草药的步伐，他根据中草药治病原理，结合非洲特有的植物和动物，正在研发新的中草药，决心让中国的中草药随着"一带一路"走向世界！